GOBOOKS
& SITAK
GROUP©

GOBOOKS
& SITAK
GROUP©

三日月書版

三日月書版

流雲
illust. 鳥井まあ
Presented by
LiuYun and ToriiMaa
ER01
人偶相公
NINGYOU DANNA
三日月書版

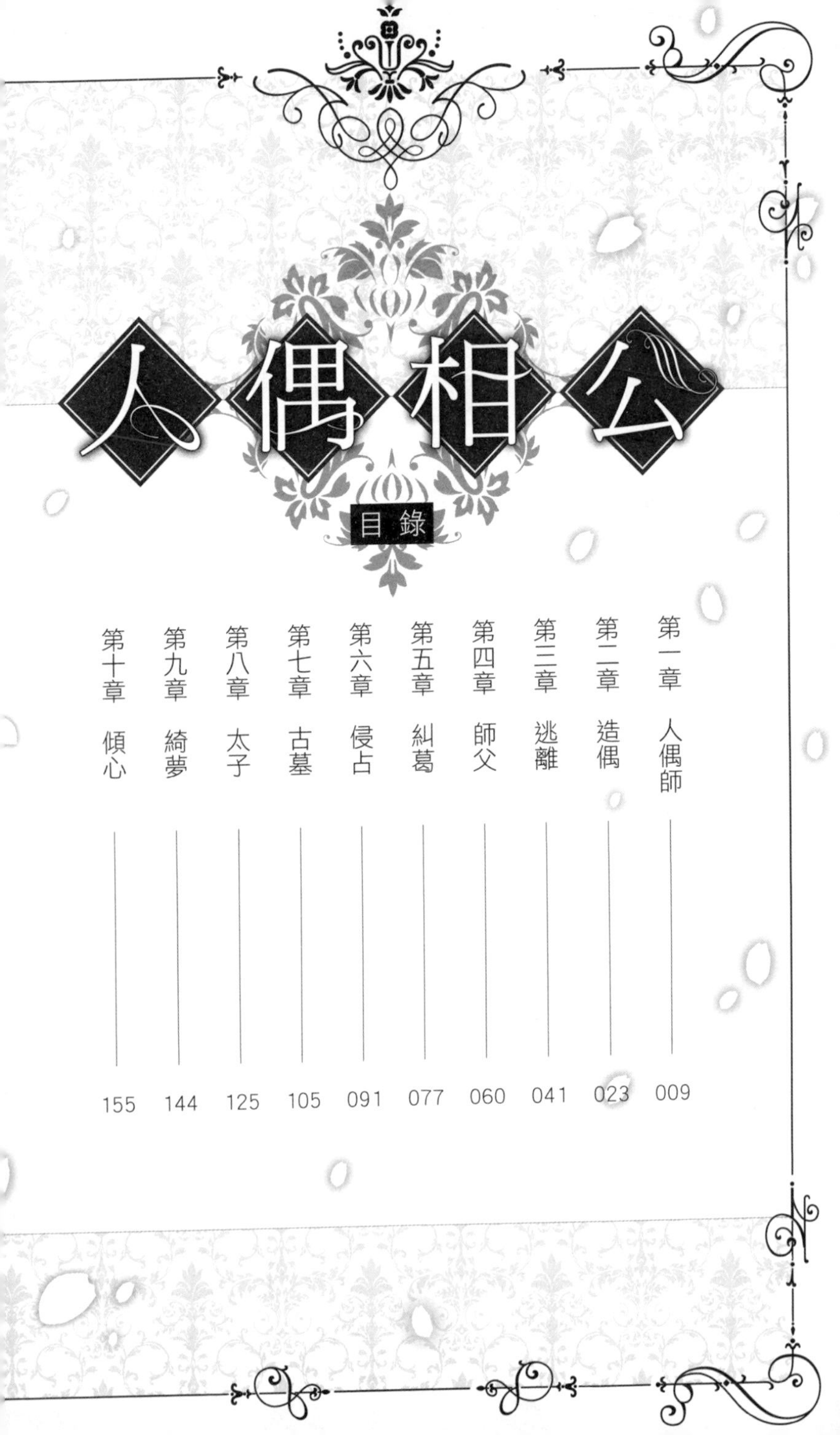

人偶相公

目錄

第一章　人偶師

三月初，江南春歸，恰是乍暖還寒時。

橋頭邊的青石路旁，成群的路人齊盯著擺在路邊的攤子。

攤主一襲黑袍沾滿風霜，遮蓋了容顏，但從其嬌小的身形仍能看出是個姑娘家。她寬大長袖一伸，伸出柔荑，將包裹裡的貨物整齊地擺好。

路人瞥見攤主販賣的貨品，紛紛露出驚詫之色。身前的粗糙棉布上，躺著數隻三寸高的小人，仔細觀察後才發現那是個木製人偶，乍看還以為是活人。

原來這個古怪的黑袍攤主，是個靈巧的人偶師傅。

頓時，路人紛紛避開了人偶師。

一個六歲男童，嚷嚷著要買人偶，他的母親慌忙地跑了過來，揪住他的耳朵叫道：「不要命了，這種東西也敢要！」

聞言，人偶師總算抬起頭，露出了清麗的少女臉龐，淡漠地目送母子離開。

看她年齡不過十五、六歲，琥珀色的眸子卻平靜無波，好似早已看透世間百態。

她曾周遊各國，了解每個地方風俗不同，有些地方將人偶當作神來崇拜，也有些地方將人偶視為不祥之物。

這座城鎮既然如此忌諱人偶，委實不是久待之地了。

桓意如便收拾起包裹，打算換個地方。

她拐入一個巷口時，兩個黑衣人從房梁跳下，欲擒住她的胳膊。她當即反應過來，抽出一根細長的銀絲，纏住了兩人的脖子，雙手勒緊，厲聲喝道：「你們是何人！」

黑衣人被掐住要害，喉頭嗚嗚作響。另一條黑影趁機從後竄出，朝她的臉上灑出白色粉末。

桓意如被分散了注意，不慎吸入了粉末，頭腦一沉，昏睡過去。

月明星稀，谷啼南枝，清風香滿樓。

數名人影扛著一個大麻袋，鬼鬼祟祟地溜進高樓後的小門，在踏入最高樓的閨房後，剪開了麻袋上的繩子。

少女從袋中跌出，雙目緊閉，似乎仍在昏迷當中。

嘩啦！

滿盆涼水澆在她身上。

桓意如頓時清醒過來，還來不及分辨此為何處，就聽黑衣人說話了。

領頭人恭恭敬敬地鞠躬道：「夫人，您要找的人偶師，就是眼前這位。」

閨房裡，薄紗隨風搖曳，曼妙的身影綽綽約約。

精緻的美人榻上，隔著層層紗幔，依稀臥著婀娜婦人，手微微一抬，接過黑衣人遞來的人偶。

夫人捧著人偶，發出鈴鐺般的笑聲，「丫頭，這小玩意是妳做的？」

單聽這夫人的聲音，大約能猜到她年屆不惑。

夫人拽住人偶的胳膊，用力拉扯，發出木頭崩裂的聲響。

桓意如對自己造的人偶極為珍惜，見此情形心生不悅，有意嚇唬她：「妳弄痛人偶了，它正氣鼓鼓地瞪著妳呢。」

夫人一聽桓意如所言，不知是不是錯覺，只覺得手裡抱著的小人偶，沾著血水的煞白面孔，正幽怨地盯著自己，嚇得手一抖，將人偶甩在地上。

桓意如蹲下身拾起人偶，溫柔地拍拍它背上的灰塵，「不想要就還我。」

領頭黑衣人大喝：「臭丫頭，膽敢冒犯瀾夫人！」

瀾夫人心有餘悸地喘了口氣，怒道：「好大的膽子，竟敢嚇唬我，掌嘴！」

聽令，領頭人衝到桓意如跟前，抬起手正要打下去，桓意如突然說話了。

「您大費周章擄我過來，就只是為了打我嗎？既然有求於人，這樣做可是待客之道？」

瀾夫人想想也對，對領頭人道：「罷了，先退下吧！」

領頭人雖然覺得鬱悶，但仍乖乖聽令，退到了一旁。

「那我就長話短說了。」瀾夫人從錦盒中取出一軸羊皮畫卷，面朝桓意如徐徐展開，「幫我製作一具真人大小的人偶，要和畫卷中的男子一模一樣。」

羊皮紙的水墨丹青中，描摹了一道月下孤影。那人撐著把油紙傘，踏在白雪皚皚的雪峰上，縹緲得似神似仙，只是寥寥幾筆，使得面容一片模糊。

桓意如略感錯愕，根本看不清畫像裡男人的面孔，瀾夫人莫非是在故意為難她？

「只給我看一幅畫，還是沒臉的男人，如何造得了妳想要的人偶？我又憑什麼要幫妳？」

「妳也可以不做，不過妳的下場大概會和剛剛那個木偶一樣……之後這幅畫會擺在妳房裡，妳可以慢慢揣摩。」瀾夫人從低胸的領口掏出一條黑玉吊墜，朝桓意如晃了晃，「對了，這枚黑玉名為墨弦玉，妳可認識？」

桓意如面露驚色，「這玉珮是我的，妳如何得來的？」

瀾夫人莫測地笑了笑，並沒有回答，只是對黑衣人揮揮手道：「帶這丫頭下去，明日便開始動手雕偶。」

桓意如本想繼續追問，卻敵不過黑衣人的力量，強行被拽出房門。

安排給桓意如的房間，在玉樓最高的閣樓，四面門窗皆被鎖死。床頭擺放的紫銅香爐精緻絕倫，與屋內破舊的裝潢格格不入。

香爐焚出的青煙冉冉而上，一圈一圈，縈繞滿室。

桓意如心中頗為疑問，她從小戴到大的玉珮，怎麼會在那位夫人手裡？還有那位瀾夫人，給她一幅無臉的男人畫像，便要她製造一模一樣的人偶，這不是強人所難嗎！

桓意如聞著淡淡的檀香，打量著掛在牆上的男人畫像，逐漸有困頓之感，想來今日也夠操勞，褪下外裳倒床便睡了。

睡下去後極不踏實，半夢半醒時，她恍惚地聽到了詭異的腳步聲，飄飄忽忽……由遠及近……

一團黑霧，無聲無息地朝床尾飄去。

香爐內紅光閃閃爍爍，迷離她半闔的雙眼。鼻息飄著淡淡的檀香，泛起一股潮濕之氣，像被水浸泡過許久。

黑霧沉甸甸地壓了上來，她的手腳彷彿被銬上了極重的枷鎖，全身動彈不得。

小嘴一張一合，如同缺水的魚，擱在乾旱的河岸上，無處可逃。

這是夢，這是惡夢，她緊閉著雙眼，一遍遍地告訴自己。

皎月穿透層層烏雲，輕撒銀光入窗扉，勾勒黑霧凝結的形態，呈現出軀幹和四肢的線條，是名高眺勻稱的男子身形。

黑霧真像個男人，修長的肢體肆意地探索起她的身體。

桓意如小嘴困難地一張一合，試圖喊出聲音。

猝然間，黑霧覆了上去，有著成年男性的重量，甚至伸展出像人的雙手，吱啦一聲，撕碎了她的衣裳。

桓意如被迫承受黑霧的侵犯，意識模糊不清，腿間頂著堅硬的柱狀物，硬如熱鐵，好似隨時會捅破她的身子。

黑霧凝結成的厚實手掌，輕撫她的頸項，帶著滲人的冰寒，把玩少女柔軟豐盈的酥胸。

桓意如心驚肉跳，全身毛孔在一瞬間收縮，但無論怎麼扭動四肢，身體仍是無法動彈，唯有眼睛能夠眨動。

她能感覺一張濕熱的嘴含住了她胸上的柔嫩，以畫圈的方式舔舐著。那根堅硬的棒狀物，摩擦在腿間的肉縫，細軟的絨毛搔刮她的花穴外，花唇被擦得又腫又癢，流出汨汨花蜜。

這只是惡夢！她緊緊閉上眼，一遍遍地告訴自己。

只是感官太真實了，一股熱流灌入腹內，腿間卻有種空虛感，產生強烈的刺激。她滿臉通紅，全身冒起冷汗，渾然不知為何原因。

雙腿被大大地分開，冷風灌入她的腿間，炙熱抵在她從未被開墾的穴口，往裡一戳，前端進入了小部分，但未穿破她象徵貞潔的黏膜。

身下的被褥被壓得凹陷，床鋪一下下搖晃著，木板嘎吱作響。

之後的記憶變得迷亂，黑霧彷彿完整地變成了一名修長男子，面容隱在霧氣中，一片模糊。

她聽到自己發出尖叫，如同佛廟的梵鐘，一聲敲擊，撼動壓制身上的黑霧。

霧氣點點散開，萬物歸於沉寂。

桓意如試著抬起手臂，欣喜地察覺可以動彈了，趕緊撿起火摺子點燃油燈。

燭光在房間微微晃動，照不出任何古怪，褻衣也整齊地穿在身上。

方才的，只是一場夢。

次日，天還濛濛亮，桓意如被黑衣人催促著出門，來到院裡的木工房。

這間木工房說大不大，但該有的器具全備好了，且窗明几淨、光線通暢，實在是造偶的最佳場地。

中央擺放著數個沉重的大木箱，裡面裝滿製造人偶需要的材料，件件皆是世間難尋。

釋迦木，傳說釋迦摩尼坐化所息的良木。質地柔軟而強韌，與人的肉體毫無差別，是製作人偶難尋的木材。

藍田白玉，選自藍田玉中最寶貴的精髓，可以用來做人偶的眼白。

無極絲，南嶺天蠶吐出的黑色蠶絲，猶如人的青絲般光澤柔軟。

製造骨架的金剛玉、筋脈的金縷絲、染唇瓣的花汁等……

桓意如一樣樣翻看，咋舌不已。

看似普通的箱子內竟別有乾坤，寶物稀有得萬金難買，那瀾夫人究竟是什麼身分，居然能找到此等珍貴之物！

對人偶師而言，堆滿材料的小小木工房，堪比人間極樂。

起初，桓意如不打算順從對方的安排，可待在木工房，讓她再次燃起對造偶的熱愛，頓時改變主意，雙手捧著釋迦木，滿心雀躍地想著如何下刀。

釋迦木是世間稀有之物，即使像她這樣技藝精湛的人偶師，也難免會擔心下錯刀，所以一時間不知該怎麼開始好。

桓意如仰頭靠在長椅上，頹廢地深吸了口氣，忽然嗅到了極淡的香味。

她好奇地在房內找了一圈，在角落裡找到飄著青煙的香爐。爐子裡焚燒的檀木，跟她房間裡用的是同一種。

莫非整個府宅都放了這種奇異的檀香？

其中的緣由，著實令人費解。

聞著沁人心脾的香氣，她不禁想起昨晚的夢境裡，那黑霧凝結的男子體型。

腦中靈感如湧動的洪流，瞬間爆發得不可收拾，她就這麼下了第一筆。

因著釋迦木質地軟且韌，一個不慎就功敗垂成，因此她好不容易造出一個人形後，發現一點瑕疵，便只能丟棄。

接連幾日她都待在木工房，不眠不休地趕製著人偶。

在毀掉了數十根釋迦木後，桓意如總算造出了最滿意的人形，但還差人偶的臉孔。

什麼模樣的臉，才配得上如此完美的男子身軀？

桓意如再次煩惱起來。

看著躺在地上不著片縷的人偶，她面頰上的薄紅還未褪去。

畢竟是未經人事的少女，雖說做過不少男性人偶，但這麼逼真的男人還是第一次，下身的性器也是按夢境所看到雕刻的。

她給人偶披上一件雪白褂子，那股莫名的羞澀總算沒了。

看了看窗外昏暗的天色，桓意如終於有了疲憊之感，扒了口僕人送的飯菜，一頭倒在長椅上睡了過去。

孰知，黑霧變化出的男子又來了。

彷彿冥冥中的安排，那晚的惡夢並無結束，連著幾夜糾纏著她。

黑霧化成的體型高䠷均勻，比例完美得無懈可擊，一舉一動迸發強大的韌性，腹下的肌肉線條隨抽插的節奏，帶出一條優美的弧度。

體內的異物又粗又長，強硬地撐開花穴，穴口艱難地將其吞吐，花瓣被摩擦得紅腫，慘狀兮兮地翻進翻出。被侵犯的花壺流出蜜汁，潤滑了廝磨的交合處。

快感在進出中層層累積，如同延綿的小溪，一點點匯聚成海川。這時肉棍撞入子宮口，最終掀起澎湃的浪潮，花蒂一陣顫抖，噴出透明的液體，被褥一片濡濕。

那抹黑影浸浴於昏黃燭光的側面，堪比天空的皎皎新月，長髮似潑墨一瀉而下，隨上下起伏飄揚飛舞。

飛眉如鬢似遠岱，狹長的鳳眸流動著傾世光澤，置身迷離夜色好似神魔降世，就這麼顛倒眾生地睥睨著她。

周圍的空氣彷彿凍結了，桓意如盯著他的面容，呼吸徒然一滯。

男人微微沉下身，冰涼的手掌覆在她眼皮，淡唇吐出清冷的音調：「睡吧。」

桓意如好似受了指令，渙散的雙眸緩緩闔上，墜入無邊的混沌中。

雞鳴時分，桓意如從長椅上躬身而起，撫摸有點迷糊的頭顱，心道又是一場古怪的夢。

桓意如收拾好造偶的工具，準備繼續動工，待走到人偶跟前，手裡的工具箱咣噹一聲掉落在地。

只見她親手造的人偶靠著牆，面無表情地低垂著頭，原本空白的臉赫然有了五官，正是她在夢中雕刻出的長相。

桓意如蹲在人偶跟前，失神地細細打量，覺得他跟活人毫無兩樣，彷彿只是睡著了，輕喚一聲便會清醒。

桓意如看著他形狀極好看的淡唇，下意識伸手觸碰他的嘴唇，指尖好似被針刺了般，莫名傳來鑽心的疼痛。

她慌忙抽回手指，見人偶的唇上沾著一滴猩紅，正緩緩地流進嘴裡，消失得一乾二淨。

咚咚咚！

急促的敲門聲傳來，門外的人不耐地催促。

「夫人要的人偶做好了沒，別拖拖拉拉的了！」

桓意如起身打開門栓，放領頭人大步跨進木工房。

領頭人見到人偶後，哈哈大笑，「我說妳這娘們把自己鎖在屋子那麼多天，原來是找了個男人廝混啊！妳造的人偶在何處？耽誤了夫人的事罪該萬死！」

桓意如平靜地回答：「那就是你要的人偶。」

領頭人一臉吃驚，「怎麼可能，這不是活人嗎？」

桓意如但笑不語。

領頭人叫來幾個僕人，搬進一個大箱子，準備將人偶擺放進去。

桓意如立即擋在人偶跟前，阻止他們搬走人偶。

領頭人厲聲喝道：「好大的膽子，妳不要命了嗎！」

桓意如淡然地道：「人偶我會交出來，但是誰也休想碰他。」

領頭人露出鄙夷的神情道：「哎呀，這是妳男人嗎，還不捨得別人摸他。」

桓意如懶得理會，抬起人偶的一條胳膊，將他扛在背上擺進木箱裡。

人偶的身子好沉，肌膚的觸感與男人無異，桓意如不禁有些恍惚。

這是她最出色的作品，這輩子大概很難再有第二個了，怎麼說也會捨不得交給別人。

她以手指撫順人偶的青絲，以極輕的聲音，滿是不捨地道：「等我，我會來找你。」

突然間人偶的腦袋一偏，雋黑清亮的眼眸睜著，好似對視上她的目光。

桓意如微微錯愕之時，箱子的蓋子沉沉地關上，將她與人偶隔絕開來。

「做得再好也沒用，得讓夫人滿意才行。」領頭人嗤笑著，帶著木箱離開。

桓意如目睹一行人走遠，良久才回過神來。

剛剛看到的，是錯覺吧。

一定是的。

瓊樓玉宇深處，是紅鸞暖帳的閨房。雕花淡黃銅鏡裡，照出一張少婦豔麗容顏，狹長的眼角難掩幾道淡淡皺紋。

瀾夫人將銅鏡放在桌上，輕嘆年華已逝。

這輩子想要的幾乎都有了，唯有一樣無法得到——她年少時憧憬的一個男人。

一個因為早已離世，所以遙不可及的男人。

恰在這時，領頭人敲門請人，「夫人，您要的人偶造出來了。」

瀾夫人道了聲進來，等大箱子搬到屋後，將他們趕出了房門。

瀾夫人激動地揭開蓋子，彷彿裡面裝的是無上至寶，待見到人偶的那刻，如同瘋癲一樣，仰頭又哭又笑起來。

「不可思議，真的跟他一模一樣！太好了！我終於得到你了！哈哈哈……」

她擦了擦眼淚，一眨不眨地凝視人偶，微微顫抖地抬起手，想觸碰人偶好似沉睡的面容。

她幽幽自喃道：「我等了這麼多年，為了得到你，叫我做什麼都願意。」

還沒來得及碰上半分，夫人的瞳孔驟然一下收縮，手臂遭無形的力量硬生生掰斷。

紅木箱內躺著的人偶，闔上的明眸緩緩睜開，唇瓣綻出清淺的笑意，那容光恍如天際下滄海的盡頭，輝映著皎月的波光，令人恍惚起來。

他淡唇一張一合著，發出的音色猶如冰魄，清越至極，同樣陰冷滲人。

「那妳可願意把魂魄給我？」

第二章　造偶

桓意如完成最得意之作，心情甚是愉悅。於此同時，一抹擔憂湧上心頭。

瀾夫人必定很滿意她的人偶，但這也表示，自己已經失去了利用價值——瀾夫人很可能會殺她滅口。

看來，是時候離開了。

至於那具人偶，畢竟是她最佳之作，離開前，她必須找機會弄回來！

桓意如武力值不高，對付兩個壯漢卻綽綽有餘，那夫人一看就手軟無力，只要控制住她就很好解決。

她打定主意，用雕偶的尖刀，割開封窗的木板，跳窗而出，悄然往閣樓溜去。

夜深人靜，蟬鳴聲聲。

桓意如早料到做好人偶後，那些人可能會將她毀屍滅跡。這幾天觀察了周圍的路線，等看守她的黑衣人帶著人偶離開，她便用雕刻刀割開封著的木板，從窗戶偷溜出去。

片刻後，黑衣人衝進木工房，見房內空無一人，驚愕地到處尋覓她的人影。

此時的桓意如並未跑遠，而是躲在花園的石山背後，警戒地聽著外頭嘈雜的腳步聲。

「到處找找看！我才不信她這麼快就能逃出去！」

「臭丫頭躲哪裡去了，等抓到她，就先姦後殺！」

桓意如捏緊袖子裡的銀絲，心想若是被擒，寧願死也不能落在他們手裡。

「呵，找到妳了……」戲謔的聲音低沉清越，飄忽在淒離的夜風中，聽起來卻有絲古怪的熟悉感。

桓意如的心臟慢了半拍，剛要回頭一看，後腦一陣鈍痛，兩眼一翻昏睡過去，一雙強而有力的臂膀將她牢牢攬入懷中。

屋內，沉暗無光。

一層層的素紗被輕風拂起，浮動著兩道抵死糾纏的身影，一聲婉轉動聽的呻吟，擾亂了原本沉寂的黑夜。

她好似躺在柔軟的衾被裡，受困在男人寒玉似的身軀下。纖細的雙腿架在他寬厚的肩膀上，巨擘一下下貫穿白臀，敏感的媚肉被攻擊個徹底。

「啊啊……不行了……進的太快了……」桓意如軟綿綿地叫著，花穴流出的芳香花蜜，被磨得泥爛不堪。

「喜歡我這麼對妳嗎？」伸手不見五指的黑暗中，唯有身上的軀體觸感如此清晰。

「很舒服……好喜歡……」桓意如撐開疲倦的眼皮，渙散地凝視著他，「這也是夢吧，第二天你又不在了……」

桓意如的手被握起，男子的舌舔舐她的手指，牙尖猛地在白嫩的肌膚上咬了口，一顆血珠滴入他的嘴裡。

他笑得眉梢上翹，眸子亮得近乎妖異，字字如玉石擊碎：「睡吧，我一直都在……」

桓意如醒來時，發現自己還身處在玉樓內，不過換了個更寬闊舒適的房間。床鋪上有一道古怪的血痕，身下卻乾乾淨淨的，她不明白原因為何。

黑衣人敲開房門，態度明顯好了很多，恭恭敬敬地道：「姑娘妳醒來了，主子特地派我過來，請妳做四具人偶。」

桓意如蹙眉道：「又是做人偶？這次有什麼要求？」

「嘿嘿，沒什麼要求，姑娘隨意就好。」

桓意如注意到黑衣人對瀾夫人的稱呼換了，卻猜不透其中緣由。

既然沒有特殊要求，桓意如便隨意造了四具人偶，皆是身材修長的成年男性。

幾個黑衣人前來扛走人偶，也把桓意如帶了過去，說是主子的命令。

桓意如跟著來到湖心小亭，見水天交接的黛青處，綽約的人影若隱若現。頭戴紗笠遮蓋面容，一襲寬大的淡衣，被風吹得獵獵作響。

他座前擺著黑白棋子，如雲的偏長衣袖抬起，似思忖著如何下子，舉止投足飄然俊逸。

黑衣人退了幾步道：「主子，人偶師帶來了。」

他們的主子不是一位夫人嗎，怎麼換成了一個年輕男子？

一旁的侍從端起茶杯，給淡衣男子倒茶，無意灑落幾滴茶水，掉在他的衣襬上，嚇得目瞪口呆：「主子，奴……奴才該死……」

淡衣男子默不作聲，只是繼續將黑子放在棋盤上。

下一瞬間，侍從收起驚恐的神色，握住腰間的長刃，朝自己的手臂一刀砍去。

砍落的斷臂拋入湖泊中，濺起一陣水花聲，湖裡的魚兒咬著斷臂拖入底部。

侍從無視殘廢的胳膊，用完好的另一隻手，毫無表情地繼續倒茶。

桓意如打了一個寒顫，眼前男子應該是個高度潔癖，居然為了點汙漬如此殘忍！

她本來想找個不引人注意的地方待著，不想淡衣男子朝她偏過頭來。

「還不快去陪主子下棋！」不用淡衣男子開口，黑衣人就懂主人的意思，不耐煩地催促道。

桓意如無奈地坐上石凳，一動不動地瞧著黑白棋盤。

淡衣男子的手指沾了點茶水，在光滑的石桌上寫下：「可會下棋？」

原來他是個啞巴。

桓意如點頭道：「會一些。」

其實桓意如對黑白棋非常精通，連師父都是她的手下敗將，時常不甘心地找她廝殺，輸了就賴皮不認。可惜如今人去樓空，師父已不知去了何處。

淡衣男子接著寫道：「要黑子還是白子？」

桓意如道：「白子好了，我用習慣了。」

淡衣男子讓她先起子，桓意如便恭敬不如從命了。

第一局時，起初桓意如遙遙領先，不想被他後擊制勝。她還以為只是僥倖，沒想到接下來幾局仍是如此。

輸得徹底的桓意如終於懂了，這人是在戲弄自己。

但這不是最值得在意的地方。

更令她在意的是，此人不止遮掩面容，手指都被長袖蓋住。只能瞧見紗笠下的頸項，細長白皙如蝤蠐。

兩人下棋直到黃昏日落，桓意如肚子餓得難受，卻不好意思說出口。

淡衣男子抬頭看向她，無聲地對侍從揮揮長袖。

侍從端了份點心過來，淡衣男子拿起一塊遞到她嘴邊。

桓意如猶豫地張開嘴，含住糕點細細咀嚼。他的手仍捏住糕點的一端，直到她全部吃進嘴裡，還擦掉她唇上的粉屑，良久才收回手臂。

桓意如吃完後心驚膽戰，剛剛他的手碰到自己的口水了，像這種潔癖的人能忍受嗎？

可淡衣男子並無異常，在石桌上寫道：「回去休息吧。」

桓意如如同出獄的囚犯，胸口的緊繃瞬間舒緩了，腳步疲軟地離開涼亭。

走到一條長廊的盡頭時，桓意如不自覺地回頭了。一片暮靄中，淡色的身影背過而坐，遠遠地瞧著她離去的方向，隔著一層厚重的白紗，仍能感覺他灼人的目光。

桓意如打了個冷顫，飛快地拐過長廊，朝二樓臥房跑去。

當夜，桓意如照舊做了夢，但跟以往不同的是，夢中的她居然能動了。

一雙長臂從後環住她，溫熱的呼吸響在她耳畔，能感覺他呼吸時胸口的微震，彷彿將她的心也撞了出去。

他低低地笑著，聲音沙啞得迷人：「我喜歡妳做的四具人偶。」

桓意如側過臉看向他，面露詫異。

「不過……我還是最喜歡妳做給我的這具。」他握住她的手心，往下深入到腿間，觸碰到粗硬的炙熱。

她曾與那處親密接觸了數次，這是初次完整體會到它的堅硬粗長，筋脈的突起微微跳動，似蟄伏的獸覬覦著弱小的獵物。

桓意如初嘗情欲，難免羞怯不堪，倏地把手抽回，面上燒紅一片。

他像是喜歡極了她這副模樣，輕笑一聲握住纖細的腰肢，薄唇貼上她泛紅的面頰。那吻細細密密比風還輕柔，帶著如草撩動般的微癢，緩緩挪到她的頸項。

他強勢地撥開她的褻衣，手掌把玩著青澀的身體。她的胸還未長成，像兩團飽滿的小饅頭，碰一下就微微疼痛，更別說被他大力揉捏，甚至用牙尖輕咬乳頭。

「啊……輕一點……」桓意如難耐地叫疼。

他肆意地伸向她身下的幽谷，手指挑逗著兩片粉色肉瓣，深入肉縫間來回抽弄，並同時俯下身，一遍遍吻著她櫻桃似的唇，再到她又挺又小的鼻尖，最後到她輕輕闔上的眼皮。

細白的雙腿被迫向他打開，巨擘就勢沉入嬌嫩的體內，穴口瞬間撐得極大。

在她身上起伏的線條，起初還算溫柔輕緩，沒一會便粗暴了起來，一下下往最深處頂，凌亂而暴戾。

滿室氤氳著濃香，春光浮動在床幃間。小巧的乳頭高頻率地搖晃，如搖搖欲墜的茱萸。腿間黑色的絨毛處，深紅的巨擘在鑽進鑽出，攪出黏稠的液體黏在交合處。

桓意如被玩弄得呻吟不止，看著在身上凌虐的男人，沉起聲來問道：「為何我覺得這不是夢？你，到底是誰？」

伏在她乳間的頭顱抬起，清亮的眸子流光溢彩，他說：「等下次見面再告訴妳。」

白日裡，桓意如又被叫去湖心小亭，接她的人換成了四個白衣蒙面侍從，黑衣人則一個都不見蹤影。

淡衣男子端坐在涼亭裡，分好瓷碗的黑白子，聽到腳步聲頭也不抬。

桓意如坐到他對面，輕咳一聲：「公子，我來了，接著下嗎？」

淡衣男子緩緩抬頭看她，清風掠起白紗的一角，宛如曇花一現，露出線條分明的下巴。

倏然間，他抬起手，一把握住她的手，即使她試圖掙脫，也緊緊地抓著不放。

等桓意如沒了動作，淡衣男子才展開她的手掌，玉指抵在手心一筆一畫著。

手心被搔得一絲微癢，桓意如被擾亂了心思，感覺不出他寫了什麼字。

「能不能再寫一遍？」桓意如哽咽地說道。

淡衣男子突然將她拉得更近，幾乎貼在他的胸膛上。

桓意如見過他的殘忍，其實有點怕他的，如今被他像攬在懷裡，連視線都不知往哪裡放。

淡衣男子指尖在上面移動，每寫完一個字就輕撫一下手心，繼續寫下一個字。

「玉無瑕？」桓意如喃喃道。

淡衣男子微微頷首，隔著一層白紗，清朗地笑出聲。

他告知自己的名字，是為了方便讓她稱呼嗎？

桓意如不喜與陌生男子親近，對他客套地笑了笑，不動聲色地朝後挪動，遠離他的身邊，

「好的，玉公子，我知道了。」

周圍氣息驟然陰冷起來，玉無瑕長袖一拂，猛地拍開她的手，將黑白棋收進錦盒裡。

桓意如不明所以，這棋子是剛拿出來的吧，怎麼突然不下了？

旁邊的白袍侍從指著對岸，示意桓意如離開此處。

桓意如只好尷尬地上了岸，偏頭再看向湖心小亭時，發現亭內竟空無一人。這亭子只有一條上岸的廊道，玉無瑕和他四個僕人難道是飛走了？

桓意如回了臥房的路上，見幾個健壯的奴隸拉著一輛板車，前往後花園的花圃處。板車上被一大塊黑布罩著，隆起一條條凸起的輪廓。

桓意如問其中一人：「你們拉的是什麼東西？」

奴隸擦擦汗水，諂媚地笑道：「回姑娘，是種花的花肥。」

桓意如點點頭，讓他們離開了。

這時板車的車輪碾到石磚，向一邊翹了起來，黑布不慎掀起一小半。

彷彿從頭到腳被澆了一盆冰水，桓意如每根汗毛不斷地豎起，窒息般盯著那所謂的「花肥」。

黑布敞開的一角，露出一張無血色的人臉，赫然是黑衣人頭領的樣貌。

回到臥房後沒多久，男子的僕人捎來新的指令——造一具饕餮凶獸。

這對桓如意來說，算是個大工程。

幸好木工房夠寬敞，材料應有盡有，能讓她自由發揮，便好幾日睡在木工房裡，大門不出二門不邁。

昏黃的燭光搖曳，映著一張皎白的面容。她虛軟地依靠在搖椅上，盯著一丈高的半成品，腦中卻閃現一具泛起白眼的死屍。

她好歹在外遊歷了一段時日，血腥場景見怪不怪，還是初次目睹以屍體來當花肥。那些黑衣人不是他的手下嗎？為何要趕盡殺絕？

越琢磨越是毛骨悚然，這幾日也睡得不踏實，夢中的男子沒在夢中出現過了。

她漸漸有些疲了，闔上明眸的剎那，燈芯折斷大半，光芒瞬間削弱下來。

黑暗緊接著侵襲過來，沉沉地壓在她身上，幾縷長髮拂動在她的臉側，一股微癢感襲來。

微弱的燈光將一道修長的影子長長地映在牆上，那人輪廓模糊不清，眼眸卻似夜明珠，堪比星辰皓月。

他深邃的眼底似嗔似怒，就這麼緊鎖她的面容，傾瀉著濃郁的占有欲。

「我還沒睡呢，你怎麼會出現？」桓意如愕然地說道。

「幾日沒找妳，妳看起來倒挺高興的。」他摟住她的腰肢，微微傾下身去，貼著唇瓣低語，「想不想知道這是不是夢？那讓我咬咬看，看會不會疼。」

「啊！」

他真的狠狠咬了口，桓意如不禁叫出聲，唇卻一點也不疼。

他就勢深深吻住她，長舌侵入牙關，攪得驚濤駭浪。她僵著不敢動彈，軟綿綿地垂下身子，化成一淌春水，任他肆意掠奪。

良久後，他終於鬆開她紅腫的唇，目光掃向那具饕餮木雕，勾唇一笑：「不錯，我很滿意。」

桓意如被吻得頭昏腦脹，沒聽清他的話語，不一會又被他抱到木雕前。

「眼睛還沒點上。」他拾起桌上的毛筆，沾了些油墨在眼白上一劃，畫龍點睛般畫好了一雙黑瞳。「意如，妳看如何？」

桓意如聞聲看去，見饕餮被點上眼瞳後，越發凶暴蠻橫，彷彿隨時會撲過來一般。

「你怎麼知道我的名字？」桓意如困惑地問，她從未在別人面前透露過名字。

他的玉指描摹她的臉龐，聲線曖昧低沉：「妳有什麼……我不知道的？」

也對，他是她夢中創造的人，知道她的名字不足為奇。

她對他，卻一無所知。

「那你叫什麼名字？」

「我不是告訴過妳？」

「哪有，啊……你幹什麼！」

說話間，她的衣裳被撕個精光，他站立著抱起她的臀部，強勢地讓她的雙腿夾緊自己的腰間。

「我要妳。」他說得言簡意賅，做得恣意妄為，笑得蠱惑眾生，令桓意如全然沒有抵抗之力。

他彷彿是無邊的惡夢，侵蝕她純潔的身子，將她拉進黑色深淵。

肉體拍打聲淫靡作響，黑夜的寂靜被徹底打破。白色牆壁上倒映兩道影子，糾纏得密不可分，彷彿原本就生而為一。

那芳草叢生的隱密地帶，被一根巨大放肆地侵犯著。花穴中插著粗長的異物、擠壓著、吞吐著、摩擦著……

花蜜沿著她細白的大腿滑下，滴落在褐色的岩石板上，形成一條條水漬。

每一次身體失重地下墜，都頂入體內最深處。對方的巨物像唯一的支點，支撐著她柔軟的身體，也釋放她被撩撥的欲望。

她青絲凌亂得披散開，頭額香汗淋漓，面色泛著酡紅，呼出似歡似痛的呻吟。

玉白的軀體被衝撞得上下顛起，她不得不抱緊他的頸項，彷彿他是唯一的救贖，如同藤蔓緊緊纏繞。

桓意如睜開眼，發現自己躺在搖椅上，衣裳照舊完整不亂。當她視線移向饕餮時，那雙滲人的黑瞳，卻冷冷地逼視著她。

到底是夢中的男子真有其人？還是眼瞳是她無意識所畫？

昨夜一番雲雨，是假是真，她分不清了。

暮色降臨時，玉無瑕命令蒙面僕人，將桓意如帶去後花園。

她踏上曲折的羊腸小徑，一眼望去繁花似錦，不知繁衍它的芳香泥土下，埋藏著多少屍骨。

一個女奴匍匐在花圃邊，渾身包得密密實實，徒手拔著竄生的雜草。她呆滯無神的雙目、沾滿泥灰的側面輪廓，竟讓桓如意感到一絲熟悉。

花圃錦簇間有座小築，掀開一席青色竹簾，木桌上擺著小菜和酒壺。玉無瑕優雅地坐在一旁，如水墨畫中芝蘭玉樹。

今夜的他一襲竹葉邊雪袍，偏長的衣袂繡著暗銀花紋，一舉一動彷彿流星墜地。如此風神卓越的身姿，令人不禁好奇起紗笠下的面容究竟如何。

玉無瑕輕拍身側的座位，示意她坐下。

面對難以捉摸的他，桓如意不願與之深交，只能無奈地聽其命令。

見玉無瑕斟了酒給她，她趕緊阻止：「玉公子，我不會喝酒。」

並不是她不會喝酒，而是骨子裡的厭惡。

她的師父每逢十五，必喝得酩酊大醉。那時她還年幼，只能遠遠坐在一旁，看師父發起酒瘋，對滿月長歌痛哭。

玉無瑕溫柔地牽起她的手，在上頭寫道：「這是桃花酒，喝一點不醉人。」

桓意如只好勉強嘗了口。

酒味確實很淡，還帶著桃花的清甜，芳香馥郁極好入口，她不禁多喝了幾口。

醉意壯膽，她便把話說開了：「玉公子，如果抓我來只是為了做偶，我要做的已經做完了，是時候放我離開了。」

玉無瑕片刻停頓，緊緊拽住她的手，指尖劃得她手疼，只簡單地寫道：「留下。」

桓意如妄圖說服他：「玉公子手下能人居多，我一介女流除了做偶，根本無用武之地。」

玉無瑕越發貼近她，玉指寫出曖昧的字語：「我只需要妳。」

桓意如心臟猛地一縮，說不清是心動還是恐懼。

「我有些不舒服，先回去了。」

「喝完這杯再走。」

玉無瑕給她斟了一杯酒，手指有意無意滑過酒水。

既然只需喝一杯，她也不猶豫了，站起身仰頭一口豪飲。

「玉公子，告辭了。」桓意如大步踏出小築，這次玉無瑕沒再阻止她。

可是，才走沒幾步，腳便軟了下來，像個風中凌亂的紙鳶，搖搖欲墜之際，她感覺到自己被抱了起來。

「我……怎麼了？」桓意如摸著滾燙的額頭，嘴裡喃喃道。

「妳醉了。」他在她耳畔低語，兩人的氣息交織在一起，密不可分。

她迷糊地甚至連他出聲都察覺不到，像個小貓似地膩在他臂彎裡，「胡說……我……我沒有醉……」

她微瞇著眼，看他飄揚的面紗，抬手便想扯下。

他頭一偏，躲過她的偷襲。

她小時候常坐在師父懷裡，被他熏得一身酒氣，便氣呼呼地撓師父的腋窩。癢得師父左擋右擋，又捨不得打她，只能彈她小巧的鼻頭，「妳這死丫頭！」

如今她醉得糊裡糊塗，也撓撓這人的腋窩，卻一點反應都沒有，困惑地蹙眉道：「師父，你怎麼不癢了？」

「我不是妳的師父。」字句間冷意升起，手捂在她的眼皮，將紗笠拋在半空，良久鬆開手指，「瞧瞧我是誰？」

她眨了眨濛上水霧的眸子，勉強看清那人的面容。

「咦，師父怎麼變成夢中的男人了？」

「不准再提別的男人……」他正散發著鬼魅的氣息，傾下身咬著她珍珠似的耳垂。

「啊！你做什麼！」她打了個酒嗝，難耐地想推開他。

他一手擒住她亂動的兩條胳膊，肆意將她揉成麵團，一口口地蠶食入腹，品嘗少女獨有的香軟。

雪肌玉膚被噬咬得泛紅，從小巧可愛的耳廓，挪到肉嘟嘟的面頰，都留下了細小的牙印。

「不、不要咬我……好疼……」她發出斷斷續續的呢喃，化成一淌水軟在他身下。

「不疼妳怎麼記得住。」他深潭似的眼波流轉，笑得詭譎莫測，「不止咬妳，我還要吃妳。」

桓意如醉得不清，孩童般嘀咕：「我不是包子，幹嘛要吃我？」

他面對著桓如意敞開衣襟，握住她的手伸了進去，「那換妳吃我可好？」

濃濃月色下他衣裳半解，肌膚比玉更瑩潤幾分，沿著鎖骨蜿蜒而下，內裡的春光乍現。

她綿軟的手撫摸他的胸膛，喃喃自語道：「這具身體……好像我做的人偶。」

「那具人偶不就是妳照著我做出來的？」

她醉醺醺地笑了，「哈哈，也對……」

他挑眉道：「我脫了，換妳了。」

他扒衣服的功夫十分了得，一會就把她脫得精光，將她抱到屏風後的涼席上。

「這次妳在上面。」他摟住桓如意的腰身，讓她坐到自己腿根處，分開兩條細白的腿，猙獰的炙熱夾在她肉縫間。

他寬厚的胸膛貼著她，兩人合攏得難以分開。柔軟與堅硬相互摩擦，戳得她彎曲的兩腿不斷打晃。

「還沒進去，妳就受不了了。」他捧著她渾圓的臀瓣，磨蹭幾下，進入緊致的通道。

風撩起竹席一角，放月光偷照進來。室內溢滿了奢靡的春光，兩道交纏搖晃的身影映照而出。

耳邊響起肉體撞擊聲，一陣陣動人心扉。她稍稍低頭一看，就可瞧見最羞恥的景色。

雪白的酥乳上下晃動，兩顆茱萸嬌紅欲滴，少女嬌嫩的陰戶間，紅腫的花瓣翻進翻出，艱難地吞吐深色巨擘。

他忽而動作快了，她溢出破碎的呻吟，又被他堵住唇舌，吻得滿面紅霞。

兩片嬌嫩的花蒂哆嗦著，噴出黏膩的透明花蜜，打濕了身下的涼席。

「流的水真多。」他揶揄地輕笑，手指探入兩人交合處，似憐愛似玩弄地撥弄，下身動得越快越狠，花蜜被磨成白沫，私密處泥爛不堪。

雲消雨散後，他將累癱的桓意如，溫柔地放倒在床榻上。

這次沒再清理她身上的痕跡，他以臂枕頭凝視她安睡的小臉，傾下身啄吻一下朱唇後，如白鶴展翅飛身而起，白光一閃，消失在黑夜的霧靄裡。

次日，桓意如清醒後，瞧見身上斑駁的紅痕，終於意識到這不是做夢了。

居然真的失身了，可她連對方的臉都沒見過……

桓意如掐住手心，一遍遍穩住紊亂的心神，看來離開此處勢在必行了。

第三章　逃離

其實桓意如一直在籌劃逃避，可自從她上次被抓回來後，府裡守衛越發森嚴，連多走一步都有一名暗影緊隨其後。

她好比被困在封死的牢獄中，除非像鳥雀有雙翅膀，才有機會衝出牢籠。

不過如果真有一雙翅膀，能讓她飛起來……

受啟發的她在雕刻饕餮時，偷偷製造了一隻木鳶，這幾日她觀察風向，決定在月圓之夜行動。

臨行前一夜，她待在木工房，替木鳶裝上了一副支架，使其能支撐一個人的重量。

做了不少次測試後，確定木鳶不會讓她掉下來，她總算能歇一口氣，倚在木鳶上打盹。

半夢半醒之間，她感覺到臉頰被溫柔輕撫，精緻的眉目被細細勾勒，那手指冰冷甚似寒川，凍得她撐開了眼皮。

只見修長的人影背著燭燈，遮擋了她周圍昏黃的燈光。唯一那雙眼眸亮得驚人，意味不明地盯著那具木鳶。

「這是什麼？」他俯下身翻看木鳶，毫無起伏地問道。

桓意如想到現在是在夢裡，便坦然地說了出來：「這是載我離開此處的飛行器，就等明晚風速最大時出發了。」

「是嗎……原來妳這麼想走……」他一遍遍觸摸木鳶的頭顱，幽黑的眼瞳驚鴻般掠過一抹紅光，木鳶猝然動了下翅膀。

「嗯？怎麼突然動了？」桓意如抬起木鳶，檢查是否出了問題。

「大概是我不小心碰到了機關吧。」他一手奪過木鳶丟到一旁，沉沉壓在她的身上，唇若近若離地貼近她。

他散發的氣息比烏雲還沉，化作巨浪吞噬她的靈魂，手掌按壓在她的心口，「我想把妳的心挖出來。」

桓意如彷彿被勒緊了脖子，難以呼吸，渾身無法動彈，壓在她胸口的力度越來越大，那份陰冷穿透衣服，直抵她內心深處。

差點以為他要付諸行動時，他的手突然離開了她的心口，張嘴噬咬她香軟的唇瓣，毫不留情地掠奪。她嘴皮被一下咬破，滾出一滴滴血珠。

他像是嗜血的修羅，猩紅的舌尖一勾，舔幹她嘴角的血絲，復又憐惜地闔上她的眼皮道：「今夜放妳一馬。」

玉兔東升，銀盤高空懸掛，夜風如長嘯猛獸，席捲稀薄的層雲。

桓意如立在房梁上，抱起沉重的木鳶，琢磨著風的方向。

她看了看四周，確定附近沒人之後，靈巧地打開木鳶的機關，將上半身托在木架上。腳架處有道機關，能讓她既能穩住身子，又能控制木鳶飛行。

她下意識地碰了下嘴唇，那處完好無損，並沒有破皮的痕跡。不曉得在離開這詭異的地方後，自己還會夢見那個男人嗎？

桓意如雙腳一蹬，跳出房梁後，木鳶啪一聲展開翅膀，順著襲來的強風載著她騰空而上。

木鳶飛行在玉樓上方，俯瞰迷離月色下一片漆黑。她收回目光不再遲疑，正要拉下機關使木鳶飛得更遠，眼角忽然閃過一道幽白的暗影。

月光溢滿的玉樓青瓦，有似鬼似仙之人，抬首凝視她的方向。

他如今只是個遙遠的身影，寬大的衣袂在淒厲的夜風中，獵獵飛舞如翻卷的薄雲，飄逸地遠離塵世。

玉無瑕，是怎麼發現她的？

桓意如趕緊拉下機關，突見玉無瑕將手指伸入面紗，吹了口短促而清越的口哨。

木鳶飛行的速度越發加快，可它竟是朝玉無瑕飛去的！木鳶好似有了自己的意識，無論她怎麼拉機關都無濟於事。

她驚慌失措下拉斷了機關，上半身失去支撐，從木架上滑了下來，幸好手還牢牢地握著木把，雖然沒有完全跌落，但也是遲早之事。

恰在這時，玉無瑕彷彿被一陣風吹拂朝她飄了過來，長臂撈起她的腰身，穩穩落到一處房梁上。

黑夜的風清清冷冷，夾雜著無邊的恐懼，冷得她渾身戰慄。

她的恐懼並不是被玉無瑕當場抓住，而是方才落地時，他面上的白紗被風掠起，宛如曇花一現，露出一張風華絕俗的側面。

那張臉她終生忘不了。

是夢中幾番親近、也是她親手雕刻的——那張臉。

無人操作的木鳶繞著他們盤旋，在嘎吱的巨響中，粉碎為片片木屑。

玉無瑕一把扯下紗笠，與木屑一同沉入晦暗的夜幕下：「既然妳已經看見，這東西也沒必要了。」

桓意如不斷往後退卻，滿是防備，「你到底是誰？」

玉無瑕朝她緩緩而來，優雅如斯，卻步步緊逼：「昨夜才吻過妳，今夜就不認識我了？」

在他離自己只差一步時，桓意如急促地從衣袂抽出銀絲，甩了過去。

玉無瑕衣袂一掀，竟空手接住銀絲。

桓意如抬腳朝他肋骨踢去，又抽出銀絲攻擊他的頸項。

「呵，花拳繡腿。」玉無瑕嘴角噙一抹戲謔的笑意，輕盈如雁地彎下身，擒住她踢來的腳踝，褪下繡鞋把玩她的金蓮小腳。

桓意如腳心一麻，腿根痠軟下來，完全沒了章法。

在她愣怔之際，玉無瑕拽住銀絲，將桓意如拉進懷裡，抬起她圓潤的下頷，薄唇印上她微張的小口。

「唔唔……」桓意如被堵住嘴唇，無力地嗚咽著。

玉無瑕將她放倒在青瓦上，清亮的眸子睨著她。

桓意如喘了口氣，怒道：「你是活人，還是人偶？」

玉無瑕輕笑，「以前碰妳時，沒看清楚嗎？」

他褪下雪白的長袍，擒住她的手放上胸膛，一寸寸地往下撫摸。

胴體的線條毫無瑕疵，肌肉線條結實緊繃，勝過人世間任何男子。敞露的肌膚比綢緞還光滑，比玉髓還瑩潤，帶著獨特的馥郁香氣，每一下觸碰都可以讓人著火。

玉無瑕咬著她的耳垂，曖昧地低語：「摸出來了嗎，我到底是什麼？」

桓意如無言以對，她一時沒法分辨得出。

畢竟製造人偶的釋迦木，觸感與人體肌膚極為相近。

玉無瑕打量她深思的面容，解開她衣襟的鈕釦：「看來要幫妳多深度瞭解一下。」

桓意如目光移向他的素手，瞧見一道很淺的割痕，是他剛接住銀絲時割破的。

這銀絲極細極韌，人的肌膚輕輕一碰，就會割出一道血絲，而他的手指卻一點紅痕都沒有。有什麼比創造過的死物，活生生地侵犯自己更恐怖？

桓意如面上一片慘白，驚恐地奮力掙脫，都被他一一化解。

玉無瑕用銀絲綁住她的雙手，隔著衣袖不會傷到皮肉，貼著粉唇輕吻著：「為什麼害怕，那些夜晚不是很快樂嗎？」

桓意如聽到布料撕裂的聲音，下體驟然一涼，雙腿被強制性分開。

她虛弱地閉緊眼皮，感覺到巨物撐開了粉嫩的花瓣，強硬地往裡面擠。

緊致的通道塞進粗長的異物，濕熱的穴肉緩緩蠕動，被迫緊緊包覆著。

玉無瑕早已熟透了她的身軀，每一下抽弄都用盡力道，熟稔地找出了最敏感的部位，然後不斷地朝裡面攻擊。

他的雙手也沒閒著，捧著兩團玉乳，揉成不同的形狀，時不時彎下腰，吸得乳頭變硬變紅。

桓意如咬緊牙關，拚命抑制自己發出呻吟，即使下面已潰不成軍，穴道分泌出濕潤的蜜汁，使巨擘在體內抽弄時更加順暢。

玉無瑕扛起她一條細腿，進入得更深了，猛地往最深處一頂，撞開脆弱的宮口。

「啊……」桓意如再也克制不住，呼出纏綿的呻吟。

身下的青瓦很冷，身體卻被磨得很熱，彷彿置身冰火交接處，難耐地昏死過去……

玉無瑕在她體內發洩完欲望後，輕柔地用衣裳將她包裹好，深深嘆息一聲：「只要妳乖乖的，我會對妳很好。」

……她是不是泡在滾燙的沸水裡，為何如此悶熱難耐？

蓋在身上的衾被掀開一角，一隻冰冷的手幫她擦拭了額頭的薄汗，驚醒了半昏半醒的她。

桓意如目光渙散地睜開了眼，瞧見那風華俊異的容顏，回憶起赤身被他強迫的淒冷之夜，惱恨地別過了頭。

玉無瑕默不作聲地攪動藥勺，等湯藥冷卻後含了口湯藥，強硬地掰過她的下巴，嘴對嘴地灌了進去。

酸苦的藥湯滾入喉頭，嗆得桓意如不斷咳嗽，嘴巴卻被死死堵住，沒讓藥汁吐出半點。

等喝完藥，桓意如極快地鑽回被中，滿腔羞憤與委屈。

床邊忽然傳來窸窣的褪衣聲，桓意如想著他又要強迫自己，如同一隻防備的刺蝟，將身子蜷縮成一團。

玉無瑕鑽進被窩與她同蓋，一下下地輕撫她緊繃的背脊，「我今晚不會碰妳。」

聽了他的話，她懸著的心沉了下來，閉上眼皮假裝沉睡。

夜綿長而孤寂，若不是有隻長臂攬在腰際，她甚至感覺不到任何氣息。

見他始終保持一動不動，難道人偶也會睡覺？

桓意如未免有點好奇，輕緩地轉過身，偷偷瞥了眼睡在身側的人。

那人與黑夜融為一體，靜默中雙瞳徒然睜開，清亮得妖異離奇，彷彿捕捉獵物的獸眼，盯著她的一舉一動。

桓意如呼吸一滯，方要側過身去，被他翻轉壓在身下，牢牢扣著她的腰身。

她驚愕地僵著身體，帶著濃濃鼻音嘀咕：「不是說不碰我嗎？」

「妳的燒退了些。」玉無瑕沿著她的額頭吻到唇瓣，說出了動人心魄的話語，「可我沒說不吻妳。」

他的唇沉了下來，微涼且溫存，輕若蝶翼的觸碰，舌尖由淺入深，滑入她緊閉的牙關。

那有稜有角的薄唇，是用罌粟汁塗抹過的，難怪可以使人上癮。

而他亮得驚人的眼眸，是用最珍貴的寶玉鑲嵌而成，能勾魂攝魄。

桓意如在他旖旎如夢的吻下，逐漸軟化下來，好似回到了那些被他侵犯的夜，雖然百般不願，仍是被他浸染到迷離的情欲中。

玉無瑕最終鬆開了唇，將嬌小的她揉進懷中，困在寬實的臂彎下，輕柔地耳語：「夜還長，睡吧。」

聞言，桓意如好似被下了蠱，眼皮重得如疊了積石，飄乎乎地墜入了夢鄉。

次日辰時。

桓意如清醒，身側已沒了他的人影，連殘溫都沒留下。

一夜過後燒完全退了，身子骨大致恢復了，她輕盈地從床上爬起，整好衣物後打開房門。

蒙面白衣人閃到她面前，死死地堵住出去的路，發出呆板的指令：「姑娘，主子讓妳在屋內休息。」

桓意如置若罔聞，用力推開白衣人，對方卻巍然不動，仍不斷重複著那段話，顯得詭異至極。

有種不好的猜測湧上心頭，桓意如倏地扯下他的面紗，瞧見他蒼白無色的面容後，差點尖叫出聲。

這……這不是她做的四具人偶之一嗎！

「姑娘，請回房。」白衣人持續重複著同樣的話。

桓意如還處在震驚之中，只得聽從對方的話，乖乖回房去待著。

如今的自己被囚禁在玉無瑕房內，不得出房門半步，人偶師反而被人偶玩弄，當真荒誕可笑。

過了午時，玉無瑕才現身。

他推開封鎖的房門，目光從桌上完好的飯菜，再移向呆坐床頭的少女。

「妳粒米未進，是想讓我餵妳？」玉無瑕抬起她低垂的下頜，微冷的眸光斜睨著她。

「我什麼都吃不下，你愛怎麼樣就怎麼樣吧。」桓意如面無表情地回道。

數次反抗後的結果，還是任他玩弄，她已厭倦了與他周旋。

「很好。」玉無瑕話語一轉，語氣反倒輕快了，牽起她的手走出門外，「那我想怎麼樣就怎麼樣。」

桓意如愕然道：「你要帶我去何處？」

玉無瑕故不作聲，浮雲般衣袂展開，攬著她來到一座花廊。

假山有處水池，澄碧的水會順著竹筒留下，均勻地滋潤花園裡的百花。如茶的繁花大片蔓延，溢進花廊的竹欄，芬芳爭豔。花廊有座紫藤鞦韆，懸掛在槐樹的粗壯枝幹，隨風微微搖擺。

這花開得詭異的繁茂，而府內的人越來越少，桓意如見如此美景，只覺毛骨悚然。

玉無瑕手搭在竹欄上，一朵伸入花廊的纖小花枝，無聲中輕觸他的手背。他低頭凝視淺色花瓣，目光奇異地柔和，「我曾經很喜歡種花。」

這人偶實在太過神祕，風雅尊貴的身姿，預示他絕不是平常人。對活人極端的厭惡與殘忍，又讓人覺得他連人都不是。

玉無瑕將桓意如拉到鞦韆前，讓她坐了下來，「意如，這鞦韆是為妳而造的，妳可喜歡？」

她自然喜歡。

以前家裡的院子，就有這麼一個鞦韆，是她兒時最愛的玩具……

桓意如頓時驚覺，這人偶是懂她的！每次送來的都是她喜歡吃的飯菜，甚至知道她的名字，還對她的身體十分瞭解……

桓意如抬頭看他，忍不住好奇地問道：「你到底是誰？」

玉無瑕晃著鞦韆，莞爾一笑，「妳日後會知道的。」

他這話是何意，她再度摸不著頭緒了。

玉無瑕俯下身，貼近她曖昧的低語：「不必好奇我的過去，妳只需要瞭解現在的我。」

桓意如渾身一顫，他用的詞彷彿命令，不容她任何抵抗。

他修長用力的手臂一撈，取代她鞦韆上的位置，讓她背對著坐在他雙腿上。

衣裙裡的褻褲被扯了下來，驚得桓意如欲掙脫。

「別怕，這次不會冷了。」玉無瑕穩住她的腰身，抽出衣襬下的勃發，在她股縫間來回摩擦。

沒幾下，桓意如的身子酥了下來，連抵抗的力氣都沒了。

噙著淚的她怨憤不甘，只能任他親吻頸項，隔著衣物玩弄她的雙乳。

玉無瑕扭過她的小臉，薄唇挪動她微濕的眼角，強硬中溢滿憐惜溫柔。

「啊……」她難耐地叫出聲，下體的祕洞鑽進一根粗長異物。

因著兩人坐在鞦韆上的姿勢，那祕洞進入得並不深，可緊接著他搖晃起身下的鞦韆，一個猛地上拋，巨擘完全與她身體緊緊契合……

繁華堆簇的花廊，槐花隨紫藤鞦韆搖晃，化作落英繽紛飄落而下。一對相擁的男女盪著鞦韆，誰能想到在他們完好衣裳的底下，最私密的地方正緊緊地交合在一起。

隨著鞦韆每次上升，巨擘就勢深插而入，直到頂在最深的子宮口。鞦韆迅速盪到另一頭，巨擘從蜜穴抽了出來。待鞦韆再重新盪來，炙熱再猛地全根插入。

隨著劇烈的抽弄，桓意如感覺身子骨好似要散架了。

玉無暇解開她衣襟最前排的鈕子，伸手進入白色的褻衣內，揉捏兩團軟白的雙乳。

少女的胸脯如此青澀，承受不住男子的力道，痛得嗚咽出聲。

他的唇吮咬著她細白的頸項，那是黏膩濕潤的舔舐、輕緩溫柔的吸弄、帶著癢癢麻麻的啃咬，在冰肌玉膚印上點點櫻紅。

他的身體比毒藥還可怕，明明不想被這般玩弄，卻不知不覺深陷他給予的情欲。

「啊……輕點……求你……」她不住地喘息呻吟，被他挑撥出來的情欲，攪動得支離破碎。

在她叫得最婉轉動人時，他強制扳過她的小臉，親吻她紅嫩的唇瓣。那股強勢與溫存感染著她，逐漸帶走了她的靈魂。

同時巨擘聳動得越來越快，從花穴捅出來的蜜汁，不少黏稠的液體晃動下來，綠草沾滿點點甘露。

她眼角無意瞥見花圃下，竟有一團蜷曲的灰色身影！

因被窺視而羞臊與驚懼，她連忙推搡身後的男人：「有人躲在那裡！」

玉無瑕漫不經心地瞧了過去，「嗯，她在種花。」

桓意如對他的淡定，深覺不可思議，「但是……她看得到我們……」

「她沒有魂魄，五感皆失，看不見的。」玉無瑕性感的薄唇貼近，在她微汗的耳畔呵著氣。

紫藤鞦韆停了下來，巨擘仍在體內重重抽插。沒有了劇烈的搖晃，桓意如終於看清了那花奴的臉，不正是瀾夫人嗎！

一身汙漬、呆滯的眼神、殘破的衣裳，她怎麼會落到這般下場？

聯想到玉無瑕所說的無魂，越發覺得涼意逼人，卻仍然逃不開身後的男人，被他數次占有著，跌入無盡的深淵。

倏地，玉無瑕瞥向宅院的西側，眸光猝然幽暗，沉聲道：「是誰……那麼大的膽子。」

桓意如剛要問發生何事，突然被他一把抱起，大步流星地朝屋內走去。

「在屋內好生歇息，不要擅自出門，乖乖等我回來，知道嗎？」他輕柔地替她蓋上被子，在她濕潤的額頭落下一吻，走出屋外將房門鎖了起來。

桓意如看著他離去的身影，面頰上微微酡紅。

這怎麼跟丈夫出門時囑咐妻子一樣？

不行！她不能有這麼奇怪的錯覺！

桓意如在床上轉輾反側，漸漸有了睏意時，突然聽到一聲巨響。

她坐起身，脖子處一陣冰冷，視線往下一瞧，一把劍正抵在脖子上，耳邊傳來低沉的警告。

「別亂動，小心我削了妳腦袋！」

雖然那道聲音故作沙啞，還是難以掩蓋原有的稚嫩感，而指著她的劍柄正微微顫抖。

桓意如心想，這名持劍的少年怎麼比她還緊張？

「告訴我，侯爺夫人在哪裡！」

侯爺夫人？莫非是指瀾夫人？

桓意如只是奉命前來製作人偶，並不了解此處主人的身分，但如果要說夫人的話，應該也只有瀾夫人了吧？

但腦中浮現起方才花圃中的無神女子，她想，就算講了，對方大概也發現不了吧。

不管如何，能闖入玉無瑕的控制範圍，肯定有些能耐的，何不趁機利用之？

桓意如面色淡然，「我可以告訴你，不過你要先答應我一個條件。」

少年沒想到這女人還敢跟自己談條件，厲聲說道：「說說看，但是別想得寸進尺！」

「我的條件很簡單，帶我一起離開。」

桓意如口吻極其篤定，她還有重要的人要找，怎麼甘願做玉無瑕的禁臠！

少年黑亮的眸子上下瞟她，「妳不是這府裡的人嗎，怎麼還想逃跑？」

「你管太多了。總之不答應我要求的話，就去問別人吧，我不會說的。」桓意如挪開他的冷劍，翻下床時見紗窗破開個大洞，「等等，你從這裡進來的時候，沒遇上其他人？」

「剛在這裡遇見一個白衣人，下手極狠又不說話，我就直接砍了他腦袋……咦，他的屍體呢？」少年邊說邊帶著桓意如跳了出去，看來是接受了她的提案。

路面上乾乾淨淨，連一點血跡都沒有。

看來少年殺死的白衣人，極可能是四個人偶之一。

「發什麼愣，快跟我走！」桓意如拉起驚愕的少年，在羊腸小徑潛行。

照理來說瀾夫人淪為花奴，應該是睡在下人居住的柴房，兩人在後花園竟意外地瞧見一道匍匐在花壇的人影。桓意如瞧那人的身形，不正是瀾夫人嗎，怎麼都三更了還在種花？

桓意如朝少年努努嘴，「你要找的人不就在那？」

少年見瀾夫人蓬頭垢面，狐疑地走到她面前：「妳就是侯爺夫人？怎麼變成這幅模樣？快點告訴我，妳竊取的墨弦玉在哪裡！」

桓意如擰起眉宇，他說的這個東西，為何聽來如此熟悉。

瀾夫人一手提著油紙燈，一手撿著雜草，任少年在她耳側叫嚷，仍是目光呆滯。

「妳倒是說話啊！」少年一時心急，拽住她的胳膊一扯，將破爛的衣袖撕了下來。

少年錯愕地盯著瀾夫人慘白浮腫的手腕，發現一塊紫紅的屍斑。風中瀰漫著腐爛的氣味，令人難以呼吸。

「我不是告訴過妳，她是五感皆失的無魂之人，叫破嗓子也感覺不到。」

無魂之人就是活屍，她怎麼沒想到。

桂樹搖曳的樹梢末端，懸著一雙黑紋的白靴。銀色月光傾瀉而下，將那人輕如浮雲的影子，拉至遙不可及的距離。

玉無瑕朝桓意如展開雙臂，像對待貪玩歸家的孩子，帶著寵溺的縱然，卻不容一絲抗拒，「意如，過來。」

桓意如對他只剩下恐懼，咬著牙搖搖頭朝後退去。

「我果然對妳太好了。」玉無瑕的身影隱在黑幕下，俊異的面容忽明忽暗，緊盯她的眼眸卻冰冷入骨，「將她活捉過來。至於那男人……」玉無瑕話語一頓，霎時冷意翩飛，「碎屍萬段。」

四個人偶手下從混沌黑暗飄出，將桓意如兩人團團圍住。

少年指著其中一個人偶，臉都嚇白了，「他不是被我殺了嗎，腦袋怎麼接回去的？」

桓意如從衣袂抽出銀絲，斜了少年一眼，「別管這些了，先保住小命，再想辦法離開這鬼地方吧！」

「臭女人，妳竟敢這般小看我！」少年輕哼一聲，輕易躲過攻擊，他以一人之力，與四個人偶對決，桓意如則從旁協助。

少年武力雖高，耐力卻抵不過那四隻人偶，數招過後體力不支。

「他們莫非不是活人？」少年深深喘著粗氣，手臂在揮動間疼得發麻，被逼到瀾夫人身邊，一怒之下搶過她手裡的油紙燈，朝人偶丟去。

油紙燈恰好掉在附近的茅草堆中，傾斜的星火點燃了乾燥的茅草。突如其來的火焰使人偶紛紛退後，彷彿遇上猛虎避之不及。

「他們好像很怕火。」少年豁然拍掌道。

正所謂火可以克木，這四具人偶是用普通木材做的，一遇火就燃；但如果換成釋迦木，遇火也不會有影響。

照理說玉無瑕不會畏懼火焰，可他映著火光的眼眸，一瞬間凝重了起來，眼中泛著絲絲猩紅，腳下樹枝一根根自然斷裂。

「還不趕緊逃！」少年拾起一根點燃的柴火棍，拉起愣怔的桓意如就跑。

少年邊跑邊點燃花圃，將花園燒得煙霧瀰漫。

他剛要感慨沒人追來，突見房梁下飄著三條黑色的影子，忍不住驚懼地尖叫道：「怎、怎麼都死了！」

桓意如定睛一看，才發現三條黑影是被倒掛在房梁上的死人，而且他們的衣著跟少年一模一樣。

桓意如問道：「他們是跟你一起進來的？」

「對。」少年抹了把眼角，哽咽地回答，「我們兵分四路，在府裡找尋墨弦玉。他們竟然死了……就這麼死了……」

這三個應該是被玉無瑕殺掉的，少年能躲過著實幸運。

四人在潛進府裡前，就已經把路線都規劃好了，因此少年很快就找到出口，帶著桓意如翻牆出府。

府宅背後有處小樹林，再走五百步有輛馬車，本來是少年跟同伙會合之處。

少年駕起馬車，雷厲風行地離開此處。桓意如則坐在車廂內，還未能平撫內心的驚恐，難以相信就這麼逃了出來。

在轆轆的車輪聲中，她漸漸有些疲憊，便趴在坐墊上小睡起來。未來的前途仍是未知數，但至少比待在玉無瑕身邊好得多。她不能接受，被親手製造的人偶玩弄於鼓掌裡。

日升月落之時，她秀氣的長睫微微扇動，眼瞳尚不能適應光線，依稀地瞧見身前人影，被淡紅的晨曦勾勒得清晰鮮明。

桓意如以為是那名少年，迷迷糊糊地呢喃：「你怎麼進來了？」

那人蹲下身，輕撫她的臉，宛如夢魘的耳語：「我一直在妳身邊。」

一股寒意從腳底竄上，桓意如驚醒般輕叫一聲，回神時車內並無外人。

「叫什麼叫，活見鬼啦！」少年不耐地撩起車簾，擺著一張臭臉。

「剛剛車裡有其他人嗎？」桓意如斷斷續續地問道。

「就妳一個大活人啊。」少年撇起嘴輕笑一聲，「再睡一會吧，別讓我主人召見妳的時候，妳還是神智不清的樣子。」

「你的主人？」桓意如低聲念道。

好不容易逃出火坑，想不到又進了另一個。

第四章　師父

在少年連夜趕路下，三日後，車速慢了下來。

觀察沿路景色和行人衣著，桓意如猜到了目的地，莫非這裡是京師金陵？

馬車恰在這時停了下來，少年朝她丟了塊黑紗，「綁在眼睛上，跟我出去。」

桓意如知道鬥不過少年，便乖乖地戴上了黑紗，隨他下了馬車。

少年怕她識得路線，故意繞了好幾個彎，順便恐嚇道：「待會見了我的主人，可不要亂說話，小心妳的舌頭。」

桓意如在一片漆黑中，被少年扯著袖子跨過一道門檻，周圍不少人走動和說話聲，意外地使她安心，只因這裡大概不是一座死宅。

再行走一段路程，她聞到了青竹的淡淡清香。隱隱約約的簫聲，隨著步履由遠及近。

彷彿有根無線的牽引，她甩開少年朝著聲源奔去。

近了，近了，那人就在前面，霎時簫聲戛然而止。

她一把揭開眼前的黑紗，瞧見竹林深處佇立一名男人，昂藏的身軀筆直剛硬，宛如栽在竹林的青竹，一襲繡著竹葉的青衣，與竹林的碧青共天一色。

他不經意撞上她的視線，眼眸猶如烈火迸發，摧枯拉朽的洶洶燃燒，閃爍不定地凝視著她，「妳怎麼在這裡？」

桓意如的朱唇抿成一條直線，捏緊的拳頭微微顫抖，突然俯下身拾起一塊小卵石，朝他的胸口不輕不重地砸過去，接著轉身就跑。

「臭女人，你竟敢砸我主子！」少年在後面急得大呼小叫。

男人不顧額頭的疼痛，追了上去，一把撈起桓意如的腰際，好似哀求地喚道：「意如，別跑了！」

桓意如被困在他懷抱裡，怎麼都掙脫不開：「混蛋！無恥！放開我……」

這一瞬間她將半年多的心酸委屈，朝他全部發洩出來，用腳跟踩他的腳尖，捶打他的胸脯，男人由始至終悶聲不吭。

良久等她打累了，男人嘆著口氣擦擦她淚水：「為師錯了，我的好徒兒，不該沒告訴妳我去哪的。妳怎麼獨自跑來金陵了？我不是囑咐了尼珠照顧妳嗎？」

她咬牙切齒道：「還不是為了師父你！當初走時一句話也不留，害我好生找了一番。尼珠能照顧好自己就行了，還指望她照顧別人啊？」

男人連連點頭，「也對，我就知道她靠不住。」

桓意如差點被活活氣死，既然知道尼珠不可靠，還將自己交付給她，師父才是最不可靠的吧！

她擦乾眼角的淚水，打量面前熟悉的容顏。

師父顧言惜年過三十有餘，面容仍是如斯俊美，菱角分明的下頜，爬了淡淡的青色鬍鬚，使他略顯成熟內斂。

桓意如瞧著他的鬍鬚，癟癟嘴道：「師父，我不在身邊，你又懶得剃鬚了。」

顧言惜摸摸下顎，正色道：「小孩子懂什麼，男人蓄點鬍鬚更好看些。」

「哪有，明明是變老變醜了！既然看你平安無事，那我就回去了。」桓意如最討厭男人留鬍子了，滿臉嫌棄地推開他，背著手自顧自地離開。

「意如，妳要去哪裡，別丟下師父啊！」顧言惜緊跟在後，全然失了之前穩重的形象。

被晾在一旁的少年，嘴張得可以放雞蛋了，支支吾吾地問顧言惜：「主子，你沒事吧？這女人是你的誰啊？」

「阿九，不得無禮，她是我徒兒桓意如，以後也是你的主子了。」顧言惜瞪了他一眼，又跟隨桓意如的腳步，搖著尾巴討好她。

被喚作阿九的少年，錯愕地重新打量桓意如。

世界要不要這麼小，主子每次喝醉酒嘴裡喊的「一路」，原來就是這個臭女人啊！

竹林的清雅小築內，婢女擺上的一桌好菜，一個時辰後漸漸涼了。

這死皮賴臉的傢伙，好不容易留住了她，自個卻不見蹤影。

在她差點掀桌走人時，砰一下門被撞開了。一股清風撲面而來，漆黑如墨的髮髻上，綰著一根青玉髮簪，兩縷未梳上的髮絲，分別垂在兩鬢之間，凌亂而不失風雅。

那人款步踏入門檻，扶門勾嘴一笑，「徒兒，久等了。」

眼前畫面著實嚇人，桓意如被茶水嗆到，劇烈地咳嗽出聲。

顧言惜慌張地小步跑來，輕拍她的背脊：「好端端地怎麼嗆到了？」

桓意如緩了口氣：「還不是被你嚇的！」

「我這副模樣很恐怖？」顧言惜下意識地撫面，滿是受傷的模樣。

桓意如注意到他剃光了鬍鬚，應該是剛沐浴過，還散發著淡淡的清香，肌膚像剝了殼的雞蛋，鮮嫩得可比十多歲少年。

莫非因為被說又老又醜，師父才故意沐浴梳妝一番？

「師父真的很好看，只是不太像以前的你。」桓意如突地起身，扯下他的髮簪，「你的頭髮還沒乾呢，披下來晾乾吧。」

顧言惜一邊擰乾髮絲，一邊問她為何會出現在瀾夫人的府裡。

桓意如輕抿嘴角，良久後才說了一個簡略的版本。省略了她製造的人偶活了，以及與他發生關係之事，只道是一個叫玉無瑕的男人，殺了瀾夫人後取代了她的位置。

解釋完後她翻起白眼：「師父，你離家出走又是為何？」

顧言惜話語堅定道：「意如，有些事還不方便告訴妳，我本打算辦完後回去找妳的。」

桓意如瞭解自家師父的性格，不願提的話，怎麼問都問不出來的。

因此她也沒再強人所難，故作輕鬆地指指胸口：「還有我戴了十四年的黑玉呢，是不是你偷去換盤纏，結果落到瀾夫人手裡？」

顧言惜吞吞吐吐起來，開始顧左右而言他。

桓意如氣呼呼地搖著他胳膊，「我猜對了吧，你這無良師父！」

「沒有沒有，是被偷了。這玉目前至關重要，我也一直在找。」

桓意如思忖片刻，豁然開朗道：「啊，那玉該不會就是你派人在瀾夫人府裡找的墨弦玉？」

顧言惜點頭笑道：「徒兒果然聰明。妳在府裡待了那麼久，沒見過任何一塊黑玉嗎？」

她戴了那麼久的黑玉，這還是頭一次知道名字。

桓意如困惑地搔搔頭，猛地想起製造玉無瑕時，材料裡是有黑色寶玉的。不過早已被碎成了粉末，看不出原有樣貌。

當時瀾夫人特地吩咐，必須把碎玉灌入人偶的頭部。如果那些碎玉恰好是墨弦玉，豈不是師父得找上玉無瑕才行？

玉無瑕是何等可怕的存在，她比任何人都清楚。

顧言惜見桓意如神色恍惚，給她碗裡夾菜：「餓不餓？」

「沒什麼胃口。師父，幫我安排個房間吧，我有些疲了。」

「府裡房間多的是，妳隨便找間就是。待會我讓丫鬟熱一下飯菜，再送過去給妳。」

點頭表示知道了後，桓意如找了間最近的臥房睡下，開始回憶起遭遇之事。

墨弦玉、玉無瑕、師父、瀾夫人……這幾人之間的關連，想必師父是不會告訴她的。

反正她都逃出來了，也不必管那些事了。

剛要側身吹滅燈火，檯面上的油燈卻自己滅了。

黑暗在一瞬間吞噬了她，房門和窗戶關閉著，無風無光無聲。

驚慌失措下，她正欲坐起身來，手腕卻被扣住了，有根鍊子緊綁著她。

輕慢的腳步聲傳來……

最後，腳步聲在她身旁停了下來，一股重量從腳跟爬到胸脯，她無力地蜷縮著，再也不能動彈半分。

「他碰過妳哪裡？」她的身體從上到下，被粗暴地肆意撫摸。

那熟悉的聲音使她戰慄，心臟彷彿被無形的手拽緊，口鼻發不出任何語調。

夜深了，誰能來救她？

那雙手掌冰冷且無情，揉捏她渾圓的雙乳，磨得紅玉挺立起來。耳畔被呼了口氣，似乎在嘲弄她的敏感。

她絕望地閉上眼，幻想自己是具死屍，恨不得立刻昏迷過去。

「知道嗎，妳這副模樣才像是具人偶，一動不動的，隨他人所欲。」無盡的黑暗中，那人低低笑著，吮吸著她的乳尖。

他吮吸的力道極大，疼得她緊皺眉頭，卻發不出一絲呻吟。

「苗疆有一種辦法，可以把人做成真正的傀儡，身體完全被控制，靈魂仍存在體內。傀儡像活人一樣有感覺，卻沒有任何反應，連哭都哭不出來，只能永生永世被主人玩弄。」

她的雙腿被無情地分開，粗長的巨根擠入，穴道仍乾澀緊繃著，強烈排斥著異物。

除了疼，還是疼，只能像他話中所說，毫無反應地任其玩弄。

巨大的昂揚在她體內攪弄，像木樁似地一下下頂往最深處。

「想行男女之事，妳便會自動脫光衣服，隨時隨地張開雙腿讓我進入妳。」

說著這番情色的話語，他更用力地抽送下身，肉壁被磨得酥酥麻麻。媚肉一陣哆嗦著，穴道噴出蜜汁，被巨擘擠了出來。

「不管妳的心多麼不甘願，身體還是那麼地喜歡。」

他手指勾起腿間的蜜汁，塗抹在她唇瓣上，然後深深吻住她的嘴，舌頭鑽了進去，在裡頭肆意舔弄。

在差點被吻得斷氣前，他放過了她，摩挲紅腫的唇。

「動吧。」

彷彿是一道指令，桓意如終於能動了，像缺水的魚劇烈地喘息，四肢扭動著想要掙脫，鎖鍊卻死死地困著她。

「對於方才，妳作何感想？」他瞇起清亮的眼眸，有條不紊地抽動著。

經受言語與肉體的拷問，她那份堅持被撕得支離破碎，眼皮不斷地眨動著，防止眼淚從眼眶滑落，不能讓他看見一絲軟弱。

但他還是看見了她眼底閃動的淚花，用指尖輕柔地擦拭，溫柔地道：「我也不想這麼對妳，只是我體內蓄積了一團火，每當看見你們膩在一起時，那團火就會燒得我遍體鱗傷。」

桓意如別過頭，躲開他的觸碰，無聲中抵抗著他。

玉無瑕輕撫她的胸口，那裡有著跳動的心臟，是他曾經具有卻早已失去的。

「也罷，即使得到妳的身體，心在別處又有何用。」

他發出綿長的嘆息，在她額前落下深深一吻，抽離柔軟的身體，帶著迷離的黑夜悄然離開。

遠處雞鳴聲響起，絲絲縷縷的光透過窗照入，投射在她沾滿淚痕的面容上。

四肢的鎖鍊不見蹤影，昨夜又是場惡夢。

她被光刺痛了眼眸，蜷縮進被窩裡，將身體團成球，不再想不再動……

「小懶豬，太陽曬屁股了。」顧言惜敲著房門，捏著鼻子壓低嗓門。

良久都沒有動靜，顧言惜擔心地推開門，見她蜷縮在被窩裡，整個人捂得嚴嚴實實。

他輕拍著被子，柔聲說道：「意如，是不是哪裡不舒服？」

被子掀開一角，露出蒼白的小臉，她擠出一抹微笑：「我很好，大概昨天累到了。」

顧言惜察覺她眼眶紅了一圈，俯下身輕撫她的髮頂，「怎麼哭了？」

桓意如下意識地朝後一躲，眼光掃了掃房間，似乎害怕有人在窺視。

顧言惜一愣，房間除了他們並無別人，為何她會有這種舉動？

顧言惜擰起眉宇，不管不顧地抱起她，朝房外走去。

桓意如驚愕地推搡他，「師父，你做什麼！」

顧言惜捏住她耳朵，一字一頓地喊道：「吃——飯——」

到了大廳，桌前已經擺滿了豐盛的菜餚。

桓意如被放在一個盛著滿滿白飯的位子前，還被逼著全部吃完，只得捏著筷子，一粒一粒地咀嚼起來。

顧言惜放下筷子，瞇起眼道：「看妳吃飯，我都沒胃口了。」

「報！」此時，一名侍衛心急火燎地闖進來，朝顧言惜大喊，「王爺——」

說時遲那時快，顧言惜夾起一粒花生，丟到侍衛大張的嘴裡。

侍衛喉頭一陣滾動，顯然是嗆到了，半天說不上話。

「王爺派你過來有何要事？」顧言惜背著桓意如，偷偷對侍衛使眼色。

侍衛總算咽下了花生粒，疑惑地問顧言惜：「您不就是王爺嗎，幹嘛對自己下命令？」

顧言惜手指指著他，微微顫抖：「你這榆木腦袋，我要被你氣死了！」

桓意如這才意會過來，溫吞地問道：「……師父，你是王爺？」

這府院比瀾夫人的府邸還精緻奢華，再加上顧言惜氣度非凡，她也大概能到師父身分不凡。

只是為什麼一個王爺，要拋棄身分地位，跑去苗疆帶大一個剛出生的嬰兒？

「不是……我是……」顧言惜支支吾吾，說不出所以然。

桓意如淡淡一笑，「不管你是什麼身分，我只記得你是我師父。」

顧言惜又心酸又感動，握緊她的手道：「我的意如……」

桓意如好似畏懼什麼，不著痕跡地移開了他的手。

侍衛在一旁催促道：「王爺，皇上送來一批美人讓您選王妃呢。」

「攆走，都攆出去！」顧言惜擺擺手，又側頭瞧她一眼，像是解釋般道，「我從未納過王妃。」

侍衛好死不死又道：「王爺，正因為您沒有過女人，皇上這般良苦用心，想給您找一個啊！」

「也就是說，我有了女人，他就不會煩我了？」顧言惜摸著下巴，朝桓意如努努嘴，「誰說我沒有女人，這不就是嗎？」

原本板著臉的桓意如，終於露出了驚恐的神色。

侍衛不可置信地打量桓意如，嘴裡咕噥道：「不得了，府裡終於有王妃了，這可是大喜事啊！」

顧言惜斂起笑意，正色道：「我叫你轟人的事，趕緊去辦吧！」

侍從踮起腳尖就要出門，顧言惜又在後頭叫住他，「這三個月的月錢，你別想要了。」

「王爺啊……」侍從腳底一軟被門檻絆倒，滾了幾圈後爬著離開。

顧言惜待侍從走後，用餘光偷瞟桓意如，生怕她不高興：「意如，委屈妳一下，假裝師父的王妃，應付那狗皇帝。」

桓意如噗哧一聲笑了，「師父，皇帝是你兄長吧？你怎麼能稱呼他是狗？」

顧言惜啐了口，「罵他是狗還便宜他了。」

桓意如笑得更開心了。

顧言惜心想，今天的徒弟，很不正常啊。

次日，皇帝傳召顧言惜進宮，特地吩咐要帶上「王妃」，桓意如不得已只好跟著前去。

一路上，顧言惜說皇帝是他同胞二哥，當初四子奪嫡爭得皇位，與他相處並不融洽，只得委屈她裝成王妃，並在皇宮謹言慎行。

桓意如不免詫異，既然兩人關係如此，為何皇帝還會關心他娶妃之事？

皇家子弟的相處模式，真難懂。

皇宮的瓊華殿內，宴請了文武百官。

桓意如跟隨顧言惜，坐上王侯專座。

坐北朝南的龍椅上的是當今天子崇武帝，他的相貌與顧言惜有幾分相似，上挑的眉目邪佞陰沉，朝顧言惜那邊掃了過去，又移向身側的桓意如，睨著眼上下打量她。

那目光彷彿在剝開女人衣服，不掩飾赤裸裸的欲望，使她冒起層層雞皮疙瘩。

崇武帝笑道：「四皇弟你多年未娶，還以為你清心寡欲，原來是喜歡嫩的，這美人看似只有十六，都可以當你女兒了。」

顧言惜面色並無異樣，「意如是我此生唯一，年齡不是我們的障礙。」

說這番話時他握緊桓意如的手，看向她的眼光溫柔繾綣。

桓意如心道他在演戲給皇帝看，含笑地與他對視。

崇武帝又細細打量一眼，疑惑道：「總覺得這位美人長得有些面熟啊⋯⋯」

「皇上，不要老盯著其他女人看嘛。」

插話的是坐在皇帝身旁、明豔欲滴的絕色女子，衣披玫紅織金雲袍，粉黃抹胸低垂，酥胸的深溝若隱若現。

據顧惜言所說，這是高麗國進獻的美人，也是皇帝如今最寵愛的貴妃洪姸熙，集萬千寵愛於一身。

「愛妃說得極是。」崇武帝收回緊盯桓意如的目光，勾起洪姸熙的下頷，另一手不顧旁人在場，伸入她的抹胸內。

洪姸熙嬌嗔一聲，嬌滴滴地依靠在皇帝臂彎中。

桓意如胃中泛起噁心，側過頭不願再看。

「四皇弟，有件稀奇事跟你說說。」崇武帝玩弄貴妃的酥胸，興奮中語調上揚，「你可相信長生不老、起死回生？」

顧惜言蹙起眉頭，搖頭道：「這種事只存在傳說中。」

「非也，今日讓你見一個能人異士，包你否認方才所說。」崇武帝哈哈一笑，朝太監拍拍掌，「快讓人上來！」

「有請國師進殿——」

太監尖聲尖氣地喊叫，迴盪在偌大的瓊華殿內。須臾之後，微微的搖鈴聲由遠及近而來。

殿門猛地被推開，一股陰風吹來，熄滅了所有的光。一群黑衣人低垂著頭，飄飄忽忽地走入，每人都提著一盞白燈籠，幽暗如鬼火般照亮漆黑的大殿。

數十道黑衣人簇擁間，一道修長的人影翩然而至。

雪白的長袍拖曳在地，墨髮以白玉簪高束，身姿宛如瓊枝玉樹。幽光照拂在他身上，泛起淡淡的銀光，戴著一副白色面具，乍看還以為沒有面容，令人鬼神莫辨。

周圍的氣息彷彿被禁錮住，桓意如斂起呼吸緊盯那人。

是……是他嗎……

崇武帝激動道：「國師，快像上次那樣，表演起死回生之術！」

隔著白面具，他淡淡地開口，聲音低沉沙啞：「我需要一具死屍。」

崇武帝催促道：「趕緊去給國師找具屍體！」

「不用如此麻煩，在座之中不正有皇上所需的？」

崇武帝哈哈笑道：「也對，殺了一個活人，不就是現成的屍體嗎？」

在場的人聽到這段對話，無不嚇出一身冷汗。

國師沉聲道：「這名活人得我親自挑選。」

崇武帝無所謂地擺擺手，「好好，國師您隨意。」

在眾人屏息凝神之時，國師如雲的衣袂抬起，露出一隻白皙的手指。

而那手指指著的方向，恰是桓意如的位置。

眾人瞧見國師所指之處，無不鬆了口氣。

萬幸萬幸，選中的人不是他們……

顧言惜勃然大怒，正要起身呵斥，突地那玉指朝北邊一偏，指向了上位的洪妍熙。

眾人深吸一口冷氣，洪妍熙可是皇帝最寵愛的妃子，皇帝怎麼捨得送出去，人還不是得重新選過。

洪妍熙嘟起朱唇，搖晃崇武帝的胳膊，「皇上，國師太無理了，這不是要了臣妾的命嗎？」

「愛妃不必擔心，國師的重生之法朕是見過的，放心將命交給他便是。」崇武帝溫柔地摟著她，一會兒便鬆開手，偏頭對太監喊道，「把愛妃給國師送過去。」

「不要啊皇上！臣妾怕疼！」洪妍熙美目含淚，拽緊皇帝明黃的衣袂，卻被一把甩開。

「愛妃莫怕，等會就回魂了。」皇帝憐惜地安慰著，眼睜睜見她被拖著下臺。

兩個太監托著一條白綾，一人手扯一端，纏上洪妍熙的脖子，猛地向兩邊拉扯。

洪研熙不斷扭動身體，在掙扎中髮髻脫離，臉漲得紫紅，眼白向上泛起。這時一個太監猛地用力，她的頭被扯著一偏。

咔嚓，骨頭的斷裂聲。

洪妍熙的眼皮閉上，四肢耷拉著，已然了無生機。

皇帝彎下身來瞧她，命令道：「給朕確定一下，她是不是還活著。」

太監探探她鼻息，搖搖頭：「回皇上，洪貴妃沒氣了。」

皇帝興奮地撫掌大笑，「國師，快些施展你的重生之術。」

在場的人屏住呼吸，見國師緩步而來，手懸空在洪妍熙的頭頂上。

大殿內陰風習習，洪妍熙齊腰的青絲披散開，凌亂得向上飛騰。

也不知是不是錯覺，桓意如彷彿瞧見一束白光，飄飄忽忽地從她體內飛出，收納國師的白色衣袂中。

那白光到底是何物，周圍人又怎麼沒反應？

桓意如不禁問顧言惜道：「師父，你有看到白光嗎？」

顧言惜一臉茫然，「白光，哪呢？」

桓意如微愣，難道只有她看得見？

「國師，好了沒？」皇帝不耐地催促著。

「扶娘娘起來，她已經醒了。」

洪妍熙頭顱仍是低垂著，面容被長髮遮住。在太監手伸向她的一刻，她喉頭發出一聲咕嚕，像氣管破裂的響聲，然後緩緩抬起頭，髮絲縫隙中露出一隻紅腫的眼。

崇武帝見她蘇醒，招手道：「將愛妃扶過來。」

洪妍熙被太監扶回皇帝身邊，露出脖子一道紫痕，「皇上，臣妾好疼啊……」

崇武帝將她攬在懷裡，笑道：「回去揉揉就不疼了，朕說的沒錯吧，國師能讓妳死而復生。」

「剛剛嚇死臣妾了，皇上好討厭……」洪妍熙鑽進他懷裡，嬌滴滴地叫著，黑瞳突地掠過一絲猩紅。

崇武帝輕撫妃子，一面道：「國師的法術委實令人驚嘆，不過朕還有不滿意之處。死而復生又有何用，人嘛，總會老的……」

國師沉聲道：「皇上想要長生不老？」

「國師果然懂朕，世間真有長生不老之術？」

「要長生不老非得煉成仙丹，且不是一朝一夕就能煉成，所需材料也是世間難尋。」國師話鋒一轉，忽而語調拔高，「不過既然是天子之命，沒有辦不到的事。煉藥時需要純陰女子，以她之手方能成功。」

「就像之前那樣，國師儘管挑選就是。不過，純陰女子要怎麼辨別？」

「純陰女子為陰年陰月陰時所生，我第一次所指之人便符合這要求。」

眾人朝桓意如望了過去，她略為不安地低垂著頭。

這國師的矛頭果然是指向自己的……

第五章　糾葛

顧言惜猛搥木桌，震得哐哐作響，「她是我的王妃，怎能當煉丹藥奴？」

崇武帝睇起眼，語帶不悅：「四皇弟，也就借你的女人用用，等煉好不老丹後，就可以毫髮無損地還給你。」

顧言惜語氣強硬：「皇兄，此事我不會同意，你還是另尋他人吧。」

「王爺，您可有確認過王妃本人的意思？」國師輕笑一聲，眾人的目光隨之移向桓意如。

只見她深深吸了口氣，沉聲道：「我願意……」

顧言惜瞪大眼睛看向她，難以置信道：「意如，妳說什麼？」

「師父，算了吧。」桓意如看向國師，聲音漸漸上揚，「既然是他的要求，我便應了。」

顧言惜只覺她話中有話，一時之間氣不打一處來，完全不顧旁人在場，拽著她離開瓊華大殿。

看著兩道消失在夜幕的身影，國師忽而對崇武帝說道：「陛下，明日起便可著手準備。」

「哈哈哈！好！很好！」皇帝得意的笑聲迴盪在殿中，久久不去。

這場夜宴之後，金陵城掀起了軒然大波。

靈隱寺本是齊幽國最神聖的佛廟，寺內和尚一夜之間被趕了出去。崇武帝動用國庫財力，搜刮民脂民膏，在佛堂裡造了一座煉丹爐，並收集珍貴稀有的材料。

在煉丹爐造成的當日，崇武帝派人闖進王府，將桓意如「請」入靈隱寺。

起初，顧言惜不肯放人，這時一個太監跟他耳語一番，他臉色慘白了起來，竟默許了桓意如被帶走，不過得讓阿九跟著。

一路上，阿九萬般不願，可見著那佛堂內的煉丹爐，驚嘆地說道：「這就是用萬兩黃銅製造的爐子啊……」

三名信徒端出藥簍和木箱，告訴他們煉丹的材料在裡面。

阿九打量佛堂，不耐煩地道：「你們光給個爐子和藥，這丹藥怎麼煉也不告訴我們？」

信徒從懷中掏出一本薄書，遞到桓意如手裡：「這是國師大人給你們的，裡面寫了煉醒腦丹的方法。」

「裡頭裝的是什麼？」阿九滿是好奇地打開箱子。

信徒將箱子關上，「國師大人說了，這些你不能碰。」

阿九哈哈大笑：「你們的意思是，交給她做就行，那我可以歇息囉。」

另一名信徒指向門外：「小兄弟，那些柴火才是你的。」

阿九慍怒道：「什麼，你要我搬柴燒火？」

第三個信徒又遞給他一把芭蕉扇，「還有這把扇子，別把火給滅了。」

阿九一把丟開扇子，捧著腦袋痛苦地大喊：「主子，阿九想回家啊啊啊！」

桓意如見他這副模樣，撇起嘴角搖搖頭，開始翻起書本。

根據書上記載，醒腦丹是吃長生丹前的輔助藥，功效是開通人的七竅元神。描述的煉丹步驟較為簡略，對於他們兩個門外漢來說，完全摸不清頭腦。

阿九性子急躁，直接丟了一把柴火進爐裡，將佛堂燒得烏煙瘴氣。桓意如往爐子傾倒材料時，被嗆了滿臉煙灰。

折騰了大半夜，好不容易把爐閥關上，兩人便靠在牆邊休息。

這時，門卻開了，一道白影飄也似地走了進來，看也不看阿九一眼，「將他丟出去。」

侍從將阿九抬出門外，然後靜悄悄地關上房門，只留下那人與桓意如。

桓意如蜷縮在鋪好的毛毯上，睡相極不安穩地翻了個身。

彷彿有根羽毛輕撓面容，癢得她悠悠轉醒，睡眼迷濛地看了過去。

一副白面具放大在眼前，將她嚇了一跳。而那人手指上沾得灰塵，使她臉騰地一下漲得通紅。

對他的突然來到，桓意如面露警惕，「國師大駕光臨，有何要事？」

國師沒理會她的話，走到煉丹爐撬開爐閥，用火鉗調整柴火，「柴火擠成一堆，通風不暢，火早就滅了。」

這話聽起來像質問，敢情國師是來監工的！

桓意如訕訕道：「我和阿九從未煉過丹藥……」

「丹藥倒掉，重煉一遍。」

他的話不容置喙，桓意如即使百般不願，也不得不從了。

她順著梯子爬到爐頂，將燒糊了的藥材掏出，按照國師所說，先鋪上一層冬刺草，再隔些時辰依次將寧神花、血薊、滑石等倒入。

國師則在下方控制火候，不鹹不淡地提點她。

「書裡的圖文看不懂嗎？怎麼會連草跟花都混錯？」

「這般心急火燎的，是想把藥全撒在外面嗎？」

「今晚吃了幾口飯？攪動時手用點力！」

桓意如累得大汗涔涔，手腳都軟趴趴的，再也受不了地反抗：「我煉丹藥煉了一天，一口飯都沒來得及吃，您行行好，放過我吧！」

「再加入朱砂，煉一個時辰即可。」國師置若罔聞，丟下她推門離去。

桓意如緩了口氣，爬下梯子倒頭大睡。因著又累又餓，她這一覺睡得不太踏實，迷迷糊糊中聞到蔥香。

一碗飄著蔥葉的麵條，香噴噴地擺在面前，她恍然以為是做夢，擦擦眼皮再看了看，上方是令她懼怕的白面具。

她咽著口水抵住誘惑，「這碗麵是國師送來的？」

「再不動筷子，這麵便冷了，倒掉也好。」

國師作勢要倒出門外，被桓意如一把奪了過來。

她聲音帶著哀求：「還沒冷呢，倒了多可惜！」

麵煮得很清淡，只放了蔥和雞蛋，卻是她自小就喜歡的，最後連湯都喝得一滴不剩。

國師輕笑道：「看妳狼吞虎嚥的模樣，一碗遠遠不夠。」

桓意如希冀地眨眨眼，「那還有嗎？」

「沒了，想吃自己煮。」國師冷冷地回答，將空碗扣在桌上，「過一個時辰了，快將丹藥取出。」

桓意如吐吐舌頭，爬上去打開爐蓋後，一股古怪的藥香撲鼻而來。

「這次的沒有焦掉，是鮮豔的朱紅色！」她滿面興奮地說道，將滾燙的丹藥掏進陶瓷裡。

其中一粒濺在白嫩的手腕上，燙得桓意如雙腿不穩，腳下梯子左搖右晃地傾斜，她也跟著栽了下來。

一雙強而有力的手臂穩穩地接住了她，耳畔傳來怒聲：「怎麼這麼不小心？」

啪！

方才被接住時，她手肘好似撞到什麼。

在地面上滾動的，不正是那副白面具嗎？

想著此時國師露出真容，她不知道把眼睛往哪放了。如果他恰好是她猜想之人，她又該如何自處？

「為何不敢看我？」國師抬起她的下頷，將臉扳到自己面前。

她咬著唇心如擂鼓，鼓起勇氣看去，待見了他的面容後，愣怔地說不出話。

一抹笑意在他唇畔蕩漾，輕薄而恣意：「居然怕得這樣，我是長得多嚇人？」

國師的長相與常人無異，只是膚色特別蒼白，離她如此之近，卻還看不見他肌膚上的毛孔。

桓意如先露出驚愕之色，然後張開的小口緊緊抿起，眉宇擰成一道川字。

國師捕捉到她的小表情，話說得餘味綿長：「妳好像很失望？」

這拈花惹草的一笑、包羅萬物的深沉眼眸、翩若驚鴻的上翹飛眉，令他平凡的面容多了些蠱惑感，一顰一笑驚豔得誘人心魄。

桓意如的臉浮出一抹紅暈，把頭搖成撥浪鼓。

國師優雅地蹲下身，拾起地上滾落的丹藥，塞進她的手心，「這些丹藥好生收著，明天我會派人來取。」

他的手緊握著她的，冰涼得毫無溫度，待緩緩鬆手後，頭也不回地離開了佛堂。

在第一次見到國師時，他鬼魅的風姿與起死回生之能，使她誤以為是玉無瑕出現了，說不害怕是假的。但為何發現不一樣的面容後，她反而有些失望？

思緒如混在一團，攪得她心亂如麻。

索性什麼都不想，鑽進毯子裡悶頭大睡。

次日天還未亮，阿九哆嗦著衝入佛堂，邊打噴嚏邊罵：「可惡，一覺醒來怎麼睡到外頭去了？是哪個畜生幹的，給老子出來！」

桓意如從毯子鑽出頭，慢悠悠地說道：「不是你自己睡出去的嗎？」

「怎麼可能！」阿九困惑地撓撓腦門，想了想自言自語道，「難道是我夢遊了？」

「我看你昨夜出去時，雙目緊閉且神智不清，應該是夢遊吧。」

聞言，阿九更是憤怒：「那妳為何不叫住我？」

桓意如一本正經地胡說：「師父說過喊醒夢遊的人，會嚇死對方的。」

「……好吧，既然是主子說的，那一定是真的。」阿九滿是崇敬地點點頭，注意到桌子上擺的罐子，打開一看興奮道，「這紅丸子莫非是丹藥？天啊，我們太厲害了，第一次煉丹，竟然一個晚上就成了！」

桓意如打著哈欠，困頓地應了幾句。

突地，背後的窗戶碰碰作響，輕得像野貓拍動聲。

阿九因昨夜離奇地睡在外面，對這古怪的聲音異常敏感。

他朝桓意如做了個噓的動作，握起攪藥的大鐵棍，悄悄地走到紗窗前，然後猛地打開窗戶，朝外面那道黑影砸了過去。

「啊——」窗外那人掉了下去，重重摔在草地上，幸好並無大礙。

阿九探出腦袋，見那人面容後，嚇得合不上嘴了：「主子！阿九錯了，快、快進來——」

「噓，小聲點！」那人從草地起身，正想從窗戶進去，阿九幫倒忙似地將他往裡面拽，剛好讓他的手腳卡窗櫺上，害得他疼得差點大叫了。

經過一番非人的折磨，那人終於狼狽地出現在桓意如面前。

他尷尬地輕咳一聲：「意如，為師沒嚇到妳吧？為師實在太想妳了，所以就……」

「主子，阿九也好想你！」阿九如狼似虎地撲到顧言惜身上，差點把他壓斷了氣。

顧言惜朝桓意如伸出的手，又無力地垂下了。

桓意如噗哧一笑，「師父，你真是……」

「你們沒被國師怎麼樣吧？」

「沒事，只是煉了一晚的丹，很累。」

「那就好。你們聽我說，這國師——」顧言惜剛想告訴兩人什麼，門外就傳來了國師派人來取藥的聲音。

「糟糕，這裡沒地方躲！阿九，你把丹藥直接拿去門口給他們，別讓他們進來了！」

「是，主子！」

阿九連忙把丹藥捧著，到門口堵著前來收藥的僕役，才沒讓他們發現顧言惜的存在。

顧言惜在煉丹房賴下的期間，皇宮內發生一樁大事。

崇武帝吃了醒腦丹後，當夜臨幸了數名妃子，次日大喜之下，賞了國師萬兩黃金和三千田畝，連桓意如和阿九都分到不少賞銀。

此等淫亂之舉，引起一名驃騎大將軍不滿。他名為何胡安，為人剛正不阿，最厭惡奸邪之徒擾亂朝綱。

何胡安深感國師絕非善類，立即帶兵包圍了靈隱寺，準備查出丹藥如何煉成。

煉丹房的大門被撞開的前一刻，顧言惜恰好躲進了房中的木箱裡，阿九趕緊上前跟衝進來的士兵周旋。

何胡安一身鐵皮銀甲，陰著一張臉，大剌剌地踏進煉丹房。

「你們獻給陛下的丹藥，就是在這爐子裡煉的？」何胡安用手背敲了敲爐子，又撿起簍子裡的草藥和原石，湊過鼻子聞了聞，指著一個士兵道，「你過來嘗嘗這些，看有沒有毒。」

阿九坐在顧言惜躲的木箱上，一副正襟危坐的模樣，更引起何胡安的懷疑。

「那是什麼？」何胡安喝道。

「箱子啊，大將軍。」阿九一臉嬉笑。

「本將軍是問箱子裡裝的是什麼！」何胡安大嗓門在室內震天動地，嚇得阿九差點從箱子上栽了下來。

「箱子裝的是煉丹的藥材啊……」阿九說話有點顫顫巍巍了。

「打開看看！」

何胡安叫兩個士兵將阿九架走，只好換桓意如衝上前攔住他們。

「大將軍，這些藥材非常珍貴，稍微碰下就會折損，無法繼續使用。煉丹是國師承了皇上的旨意，若是出了差錯可不好。」

「誰知道這些丹藥裡面有什麼名堂，妳說的國師連臉都不敢露，決不能讓皇上吃這來路不明的東西！」

何胡安冷哼一聲，見桓意如仍擋著不動，不耐煩地伸出手，正要將她推倒在地。

這時，一道白影一晃而過，眼前的桓意如竟不見身影，而何胡安整個人因著用力過猛，直直摔在地上。

剛才發現的一切，桓意如沒任何感覺。好一會才發現，自己的頭抵在一件雪袍的衣襟上，抬眼便見國師低垂著頭，笑意漣漪地看著她。

何胡安沒見過國師摘下過面具，爬起身後並未認出來，暴喝道：「好大的膽子，敢暗算本將軍，你是何許人也？」

「何將軍，三日前上朝我們還見過，才幾天功夫就不認識了？」

何胡安上下打量了一陣子後，瞪大了眼，「莫非——你是國師！你戴的面具呢？」

「被野貓叼走了……」國師說這話時有意無意的，在桓意如耳畔吹了口氣，惹得她心臟慢了半拍，「煉丹房內的東西，將軍都檢查完了嗎？」

何胡安指著那大箱子道：「還有那箱子沒檢查。」

國師挑挑眉，淡淡地說道：「將軍不嫌麻煩的話，不如將箱子搬回去檢查，也讓將軍圖個安心。」

何胡安想不到他如此大度，倒顯得自己橫蠻無理了，尷尬地擺擺手：「把箱子搬回去！今日叨擾國師了，那末將就先離開了。」

桓意如和阿九驚愕不已，眼睜睜看著木箱被架走。

國師也鬆開桓意如，丟下一句話後離開，「怕什麼，箱子裡裝的不是藥材嗎？」

這番淡漠至極的話，聽來卻像別有深意。

原來他，什麼都知道……

何胡安將木箱搬回去打開一看，跳出一個大活人，嚇得他差點拔刀攻擊了，待看清那人面貌後大驚道：「王爺，你怎麼在裡面？」

顧言惜怒斥了何胡安一頓，拍拍身上的藥屑正要走人，又被他攔了下來。

何胡安激動地拉住他，「王爺你躲進煉丹房，難道也為查國師底細？可否告訴小人有何發現？」

顧言惜想起國師對桓意如的親暱舉動，神色驟冷，「他絕非善類，如今擾亂朝綱，日後必成禍患，早點除去為妙。」

何胡安聽了這番話，越發覺得事態嚴重，便叫了幾名親信，準備夜燒靈隱寺。

當晚，一伙人蒙面潛入寺廟，朝煉丹房外頭潑上煤油。

此時的桓意如和阿九，正在房內煉製第二批丹藥。

其中一人舉起火棍點燃煤油，突地火焰從棍頭竄到棍尾，不燒油火反倒燒到他的手臂。

「啊！著火了！救命啊！」那人瞬間被火焰吞噬，疼得在地上打滾。

另一名親信上前救火，火焰瞬間轉移到他身上。他瘋癲地扭動四肢，撲向周圍其他的親信，將大火一個個引了過去。

何胡安見此場景目瞪口呆，迅速退開躲入樹後，眼睜睜地看著他們燒為黑炭。

「真是活見鬼了！」最後，寺廟毫髮無傷，但何胡安的親信全都慘遭祝融吞噬。

焦枯的楓黃一片片飄落而下，如鬼祟般縈繞在周身。他將蓋在雙目的一片葉子揮開，見戴著面具的白衣人立在十步開外。

「國師，你又戴上面具了？」何胡安暴露了行跡，開始顧左右而言他。

「你……見過鬼嗎？」他的話彷彿在深谷迴盪，餘音深幽遠長。

「哪裡來的鬼，國師大半夜開什麼玩笑。」何胡安頭冒冷汗。

國師緩緩揭下面具，捋開鬢邊的青絲，沖何胡安勾唇一笑：「那現在呢？」

「啊——」何胡安大驚失色，像是見到世間最可怕之人。

這不是他見過的尋常臉孔，而是另一張丰神俊美的臉。風吹拂他披散的齊腰黑髮，好似惡鬼般張牙舞爪，撕開何胡安紊亂的心臟。

「不可能，你不是早就死了嗎！」何胡安驚懼地朝後退縮，直到撞上一棵粗壯的樹幹。

「何胡安，許久不見，你還是這般愚忠，真是太讓我失望了。」國師重重嘆息著，突地凝著狹長的鳳眸，「沒時間與你敘舊了，我現在需要一樣東西，你可願意給我？」

「什麼？」何胡安愣怔地問道。

「你的魂……」

國師不待何胡安回答，抬起雲袖隔空伸向他的頭頂。

何胡安在他手掌下，雙目向上翻白，渾身不斷抽搐後，仰倒在地。

國師將吸出的白光收進袖口，沉聲說道：「看你對胥國忠心耿耿，暫時不取你的性命，不過這身體得為我所用。」

原本昏迷不醒的何胡安，雙目突睜，詭異地翻身而起，朝國師機械地鞠躬，「是，主人。」

翌日辰時，阿九推開屋門，聞到一股刺鼻的焦油味。他警覺地叫上了桓意如，一起查看四周是否有星火。除了空地上的一小片焦黑，並無其他異樣。

可沒過多久，這小片焦黑的塵沙，如它昨夜遭遇的一切，被風掩埋過去……

第六章　侵占

在煉醒腦丹上折騰了三天，桓意如身心疲憊，極想沐浴一番，奈何整座寺廟裡只有她是女人，不敢貿然去澡堂沐浴。

她只得趁著夜黑風高，揣著幾件衣物，偷偷摸摸地跑去澡堂。

此澡堂本是僧侶沐浴之地，內部設有偌大的天然溫泉，有處向下傾斜的梯，可供人趴著沐浴。那些僧侶被趕走後，溫泉的流動水乾淨了許多。

桓意如溜進澡堂後鎖緊大門，褪光衣物跳進溫泉裡。

泡在溫熱的泉水中，她舒服地呼了口氣，迷迷糊糊地趴在石梯邊昏睡過去。

桓意如下半身仍懸浮在泉水裡，不知不覺全身滑下水底，被溫熱的水包裹起來。尚在熟睡的她感覺呼吸不暢，頓時清醒過來。

桓意如察覺自己滑進了水底，驚慌失措地奮力游向水面，右小腿卻在這時抽筋了，連浮上去的力氣都沒有。

肺部的空氣幾近耗竭，一時手腳失了章法，忙亂地在水裡掙扎。

倏地，嘴唇被柔軟的事物堵住，一股清新的空氣灌入她口裡。

等那人移開嘴唇，她迷茫地睜開眼，才發現已經浮出了水面，臉被迫貼在寬厚的胸膛上。

「放開我……」這人同樣也是赤裸著，桓意如又羞又憤，下意識地想推開他，反被一雙長臂越箍越緊。

「害羞什麼？妳全身上下不只被我看光……」他低低地笑著，抬起桓意如的下頷，讓她正視他的面容，「還嚐遍了。」

身前的男人被霧水氤氳，縹緲出塵如同使人迷失的夢，不過對她來說更像是惡夢。

回想起過去被他玩弄的數夜，桓意如惱怒地叫道：「玉無瑕，你為何對我糾纏不清？我到底有什麼利用之處？」

玉無瑕牽起她的手指，一指指溫柔地親吻，「我很需要妳。」

桓意如皺起眉頭：「需要我的手來做人偶？」

「不只如此，還有妳的身。」玉無瑕撫摸她曼妙的身段，俯身親吻酥胸前的果實，「最想要的是妳的心，妳可願意給我？」

濕漉漉的吻落在敏感處，激起一絲絲透心的癢，她倔強地哽咽道：「把心給你，怎麼可能……」

埋在雙乳間的玉無瑕抬頭看她，眼底湧動起暗色的流潮，突地一口咬住她的唇。

桓意如「啊」的一聲，唇上疼得發麻，嚐到了一絲血腥。

玉無瑕很快便鬆開了，眼底的暗潮漸漸消失，變成死寂般的深色。

「我該怎麼對妳……」玉無瑕用指尖描摹她的唇形，嘆息地再次吻了上去，這次動作溫柔了許多。

驚嚇和疼痛被輕柔地拂去，彷彿一道春風將她拉進他製造的夢魘。

她細長的雙腿彎曲著分開，他的堅硬抵在私處，一鼓作氣往裡推進。

起初有些疼痛，幸好有著泉水的濕潤，兩人交合處不再乾澀，進入時順暢了不少。

「啊……不舒服……出去……」她的蜜穴擠壓著、排斥著他，反倒使玉無瑕更加暢快。

全根沒入後，他托起她的臀部，巨擘用力在穴道進出，不顧一切地占有她。

「我的身體本就是妳做的，難道不是最合妳的心意的嗎？」他一手摸上兩人交合處，挑撥私處的貝肉，「妳看下面那麼喜歡，一張一合地吸著我。」

抱著她在水面上抽插了數百下後，他將她抱上石梯，把筆直的雙腿扛在肩上，更加劇烈地進出她的體內。

因著石梯有些斜度，桓意如能清晰地看見那根粗長的硬物塞滿了她濕淋淋的祕洞，嫩肉在進出間翻進翻出，被磨得有些紅腫。

「啊啊……太大了……不要那麼快……」她軟綿綿地求饒著，雙手胡亂地推著。

「小了、慢了，妳就不喜歡了。」玉無瑕壞笑著吮吸她的乳頭，下身撞得乳波亂晃。

他將她上半身攬起，讓她坐到自己的腿上，抱著她的細腰瘋狂地向上頂，每一下都進到最深處。

她嗚嗚哀叫著，雙臂不自覺環住他的頸項，被迫承受著強烈的撞擊，蜜洞慢慢淌出汁液，流在兩人的交合處。

「喜不喜歡我這樣對妳？」他咬著她珍珠般的耳垂，好似在威脅著她謹慎回答。

「啊……不……」桓意如被咬得生疼，話語慢了半拍，「喜歡……」

玉無瑕自作主張地得到答案：「嗯，果然是喜歡的。」

桓意如吐出似痛苦似愉悅的呻吟，早已神智不清，感官都在被摩擦的下體，每下進出她都能清楚地感覺到。

這一夜玉無瑕精力無限，將她翻來覆去，用每個姿勢侵占她。

待發洩完後，巨物從她體內退出，他看著雙腿間合不上的祕洞，滿意地吻了吻她的唇：「總有一天，妳會迷戀上我的身體，主動張開大腿讓我上妳……」

崇武帝越發依賴醒腦丹了，若一個時辰不服用，必定藥癮難忍。可沒到十天醒腦丹就被斷了量，他喚來國師，滿腔怒火地質問。

國師雲淡風輕地回答，醒腦丹只是開通元神的普通丹藥，並非真正的長生不老之藥。

追溯一萬年前的鑾夏時期，傳說中元帝舉統一鑾夏後，派數千名煉丹師煉製不老神丹。

一年之內未能煉成者，皆被元帝處以誅九族之刑。

一名叫李鶴的年輕煉藥師，竟誤打誤撞地煉成不老丹。元帝食用後奇異地活到了兩百歲後，被他的曾曾孫子暗地用毒害死，不老神丹的祕方也就此被掩埋在他的皇陵——也就是南海的冥皇島內。

數萬年來，無數人前往冥皇島探尋，但據說南海內有海妖鎮住島嶼，所去之人皆屍骨無存。

崇武帝聽完國師之言，說道：「朕也略有耳聞，不過都是故事傳說，哪有當真的道理？」

「這些傳說並非虛假，不入虎穴焉得虎子，皇上只需提供船隻，尋藥之事我會安排妥當。」

「好！國師，那就交給你去辦！」崇武帝龍心大悅，當即賜給國師物資與人馬。

由於崇武帝的心急，國師也只能盡快出發，連桓意如和阿九都要跟著去。

阿九嚇得不輕，他只是被抓來煉丹的無辜人，幹嘛犯這個險去冥皇島？據說沒幾個活著回來，這趟一去不就等於送死？

但其實他根本沒有拒絕的餘地——畢竟桓意如要去，身為王爺而不能同行的顧言惜定會派阿九跟去保護她。

接他們上路的是何胡安，聽說是他毛遂自薦，要協助國師尋找不老丹，皇帝才答應他的要求的。

前段時間明明還在猜忌國師的人，這般轉變著實令人詫異。

桓意如一直在觀察何胡安，發現他自始至終沒露出半點表情，動作僵直得像具人偶，跟上次遇到的激動樣截然不同。

等等，她似乎在哪裡見過類似的人……

阿九瞇起眼道：「妳盯著何胡安幹嘛，莫非是看上他了？」

「……」被打斷思緒的桓意如白了他一眼。

「何胡安長得一副大老粗樣，難道我沒他好看？」

「……」桓意如已經不想理他了。

「幹嘛用這種眼神看我，千萬別喜歡上我，我可是有心上人的！」

桓意如終於忍無可忍，「你可不可以閉嘴——」

「兩位上馬車吧。」何胡安打斷了兩人無聊的對話，招他們上馬車。

桓意如不願跟阿九坐一處了，免得一路上耳朵生繭，故意躲開他坐上最尾部的一輛。結果她剛擠進去，就立刻想跳車離開。

沒想到小小一輛馬車，裡頭卻坐著一位大人物。慵懶靠坐在羊絨坐墊上，風姿綽約卻相貌平凡之人，正是當朝的國師。

國師抿了口茶水，抬眼看她：「車裡沒有洪水猛獸，急著逃跑做什麼？」

桓意如訕笑道：「這是國師您的馬車，我還是換一輛吧。」

國師放下茶杯，簡單扼要道：「妳要是再換馬車，會拖延上路時間。」

聞言，桓意如只好坐了下來。因車內空間狹窄，只能跟國師面對面，她眼睛都不知往哪放了。

對方沒再看她一眼，撩起窗帷看飛馳而過的景致。

桓意如打算試探他：「國師，何胡安好像不太對勁。」

國師淡淡道：「何出此言？」

「他今天不像個活人，倒像被操縱的人偶。」

「那又如何……」國師深邃的眼眸望向她，最後一字拉長得頗有韻味。

桓意如頓時回不上話來。

馬車在兩人沉默間停了下來，桓意如一個慣性跌進國師的懷中。

「那天沒抱夠妳嗎，這麼急著投懷送抱？」國師曖昧低沉地輕笑著，一手摟緊了她，有意無意地碰到胸和臀。

一股熱意自被觸摸的地方傳出，攪得她心臟劇烈跳動。桓意如尷尬地將他推開，這時窗外傳來何胡安的聲音。

「國師，渡口到了。」

國師睨著她低垂的眸，目光凜冽而複雜：「準備妥當後上船，前往冥皇島。」

上船的士兵有數十人，是崇武帝派來協助國師，再被何胡安挑選下來的，正訓練有素地駕駛著船舶。

船舶足足在海上航行了七日。

起初阿九暈船暈得有些嚴重，整日站在船頭吐酸水，直到某天適應後，他一反常態，央求廚子煮一桌美味佳餚，晚上捧著碗大吃特吃。

桓意如問道：「你這麼吃，不怕傷胃？」

阿九抹了把嘴上的油，「去了冥皇島，哪還會有活路？妳也多吃些吧，至少死了不會變成餓死鬼。而且，即使真的順利取得了祕方，也是大禍害。」

「你這話何意？」

「哼，那個皇帝本就是殺了當時的太子搶來的天下，在位時荒淫無度，若是他真的長生不死，天下必定民不聊生。要我說，應該讓我的主子當皇帝——」

「這話可不能亂講！要是別人聽到，會對師父不利。」桓意如連忙打斷他的話。

驀地，腳底一個震顫，像是船身撞上淺灘。

「發生什麼事了？」阿九健步如飛地打開房門，夜晚的海風凜冽地颳了進來，帶著隱隱的歌聲。

仔細聽來這不像歌聲，倒像是喉頭呼出的氣息所組成的。

她從未聽過這麼美的聲音，似雲霧淡淡瀰漫，飄搖在陰暗的海潮，化作勾魂攝魄的手擒住聽者的心智。

桓意如隨著歌聲前行，恍然地走到船欄邊，那海面飄來的歌聲在召喚她跳下去。

她攀上船欄搖搖欲墜之時，腰際猛地被攬了下來。一小瓶藥罐抵在鼻息，她被迫吸進了焦油般的氣味。

桓意如嗆得清醒過來，發現自己被攬在國師懷裡，不斷有劇烈的水花聲，像是有人持續掉下船舶。

朝船下俯視，一群人在昏暗的海面起伏，用手接住跌落下來的士兵。他們興奮地在水裡翻滾，可見下半身竟是一條魚尾。

國師搖晃手裡的藥瓶說道：「這些是南海的鮫人，以鮫人煉製的屍油，可以破解他們的音魅。」

桓意如親眼見到那些鮫人，用尖爪撕開士兵的胸脯，啃咬裡頭的內臟。

「你不用屍油救那些士兵嗎？」桓意如緊張地問道。

國師話語冰冰冷冷：「他們的命，與我何干。」

也對，以他的性子，怎麼可能顧慮旁人……

「啊，我差點把阿九忘了！借你的屍油一用！」

桓意如奪過他手裡的藥罐，匆忙地尋找阿九的身影。幸好他還活著，目光渙散著試圖撞破船杆。

桓意如趕緊把瓶口對準他的鼻子，阿九打了個噴嚏後清醒過來。

「我的腰好痛，這是怎麼了？」阿九揉著腰喃喃道，低頭見船下的血腥場景，大吃一驚，「我的娘啊！這些就是傳說中吃人的海妖？」

「先不要管那麼多，把藥罐給沒跳下去的士兵聞一聞，他們也會清醒過來。」

阿九實在不願動：「可我們就兩個人，藥罐就一瓶啊。」

桓意如以命令的口氣道：「把你的手攤開。」

阿九茫然地攤開雙手，「你想幹嘛？」

桓意如立即倒了一半的屍油到他手心：「我們分頭行動。」

「啊！臭死了！」阿九聞到手裡的屍油味，差點吐出來，只能自認倒楣地聽話救人。

被救下的士兵只有十多個，其他人都被鮫人拖進了水底。

何胡安陰著臉走來，「活著的快把船開往岸邊！」

阿九詫異道：「要到冥皇島了？」

何胡安斜睨他一眼，「不到冥皇島，怎麼會有鮫人？」

僅存的士兵雖有埋怨，但也迫於身分，只得咬著牙做事。

船舶一盞茶後靠上岸邊，卻沒人敢率先下船。

國師環視為數不多的士兵一眼，目光落在桓意如身上，朝她伸出手來：「隨我下船。」

桓意如猶豫著抬起了手，被他不由分說地牽住，拉著走下連接岸頭的木板。

而尚有未搶得美食的鮫人，潛伏在海岸的礁石邊，等待下一個獵物。

兩人下了船，海水平靜得毫無波瀾，在士兵看來是相當安全的，也不再顧慮地走下去。

始料未及的是，鮫人是天生敏銳的獵食者，能避開危險的存在，卻不會放過弱小的獵物。

木板下探出一名少女，她浮在水面的半身一絲不掛，雙乳在水下半遮半掩，清純的絕美面容低垂著，眼眸卻魅惑地瞧著下船的士兵。

一名士兵被她的容顏誘惑，情不自禁地俯下身靠近她，驚嘆道：「美人兒，妳怎麼在這裡？」

旁邊一個年長的士兵見狀，朝他大喊道：「二愣子別過去，她是吃人的鮫人！」

年輕士兵尚未反應過來，少女突地張開嘴，露出兩排獠牙，一口咬住他的喉嚨，將他拖進了水下。

見血水漂浮在海面上，士兵們失聲尖叫著奔逃，霎時一條條魚尾翻身躍起把他們拖下海底，阿九也是其中之一。

阿九在水中掙扎著，面朝著鮫人少女滿嘴的尖牙，奮力用手掌推開時，手心的屍油沾滿她猙獰的面容。

「啊啊啊啊！」鮫人少女的臉如同融化般，肌膚冒出無數水泡，皮下的骨肉露了出來，魚尾在水裡不斷翻滾，嘶鳴著逃竄進海底。

「她的臉怎麼融化了？莫非九爺我天生神力？」阿九攤開手掌對著自己的臉，差點被屍油臭到吐了出來。

待爬上岸後，他對桓意如喊道：「妳那邊還有屍油嗎？那些鮫人好像很怕那些屍油。」

桓意如見阿九死裡逃生，舒了口氣，走到岸邊上將剩下半瓶屍油倒入海中。

湧來的海潮使屍油擴散開來，鮫人一個個嘶叫著退避，只能眼睜睜地任由僅存的士兵逃回岸上。

經過死裡逃生後，士兵更不願服從何胡安的命令，抗拒進入荒島中。

國師朝何胡安揮了揮手，拉著桓意如進入了荒島的密林。

方才驚現的一幕，桓意如還未回味過來，突地聽到背後傳來一聲慘叫。

桓意如驚愕地想回頭去看，國師一把摟緊她的肩頭，在她耳邊沉聲道：「看多了得洗眼睛。」

桓意如大抵猜到了什麼，不由打了個寒顫。

密林外的海岸上，阿九雙腿發顫，看著地上幾具被削了腦袋的屍體。

何胡安拿劍指著他脖子，「走不走？」

「走……小的跟著將軍走……」

「哼！」何胡安收起寶劍進入密林，阿九則腳步虛浮地跟在其後。

此時天色較晚，不方便行動，四人找了處低矮的山洞休息，阿九則被迫跟何胡安找了一堆柴火，在山洞內生好火堆後安頓下來。

桓意如被暖火烘烤著，身心的疲憊一掃而空，漸漸將注意力放在周圍。

阿九一沾地就睡了，打呼聲不絕於耳。一旁的何胡安機械式地添著柴火。

桓意如的眼角瞟向不遠處，火光使那人的淺色衣裳染上一抹微亮的橙黃。他臉上的輪廓隱在黑暗中，削長的下頷忽明忽暗，深色的眼眸卻亮得驚人，即使他擁有再平凡的面容，此刻也分外勾魂奪魄。

察覺桓意如的視線，國師抬眸朝她挑眉一笑。桓意如心臟慢了半拍，趕緊翻身靠著岩壁假裝睡覺。

沒多久後，桓意如真的睡著了，冷得蜷縮成一團。迷迷糊糊間，她彷彿被摟進懷抱中，擋住了連連吹來的寒風。

偏長的衣裙像被掀了起來，堅硬的巨物抵在腿間，緩慢卻堅定地往裡頭捅了進去。

無邊的睡夢將桓意如拉向深淵，體內被不斷地充實、不斷地摩擦，無論她怎麼掙扎都睜不開眼。

此時這山洞內只有他們四人，還會有誰能旁若無人地對她做這種事……

第七章　古墓

此時的桓意如只能躺著，不能動不能喊，被身上的人肆意侵犯。雙腿被迫掰成一字，粗硬塞滿她乾澀的祕洞，抽動時帶著微微疼痛，發出肉體交合的啪啪淫聲。

壓在她身上的人很沉，雙手箍著纖細的腰，用力地進出。她唯一的感官是被進出的下體，抽弄和撞擊都清晰感覺到。

她小嘴無助地張著，吐不出一點聲音，巨擘在最深處來回頂弄，次次攻擊到了敏感的媚肉，花瓣被磨得又紅又腫，漸漸分泌出蜜汁，潤濕兩人交合的部位。

她分不清是幻覺還是真實，若是真的，其他人醒來看見怎麼辦？

這種感覺像害怕偷情被發現般刺激，她無意識地縮緊甬道，用力地推拒著那根炙熱。身上那人彷彿受了刺激，更猛烈地大抽大弄，瘋狂地占有著她。

被暴戾無情地凌虐著，桓意如身體一陣痙攣，手指深陷入泥土中，再也承受不住地尖叫出聲。

「大清早叫什麼？」阿九的聲音突兀地響起，讓魘怔的桓意如驚醒過來。

微亮的晨曦穿過低矮的岩洞，朦朧桓意如惺忪的睡眼，而其他三人的視線都落在她身上。身上衣物還整齊地穿戴著，並無其他異樣之處，莫非方才的一切只是夢？

桓意如尷尬不已，解釋自己做了個惡夢。

「休息夠了，便出發吧。」國師語氣淡淡地下了指令。

清晨再次上路後，桓意如的雙腿痠軟無力，一直落在三人後頭，突地被一根粗長枝幹絆了一下，險些栽倒之際國師伸出修長的手扶穩她。

「昨夜把妳折騰壞了？」他的話像是關心，更像是嘲弄。

她抬頭對視上國師的眼眸，竟愣怔地無法回答。

「不過幾條鮫人而已，就把妳嚇得腿軟了？」阿九背過身走來，咧著嘴取笑道。

不，國師說的絕不是跟阿九同一件事。

她驚懼地正要推開國師，走在前頭的阿九突然腳底一滑，仰頭掉進一道深坑裡。

「啊——救命啊！」阿九拽住了洞壁上的草葉，一時半會還沒栽入底部。

他見何胡安拿寶劍指著自己，完全傻了眼，「把我拖上去，不該用那麼鋒利的傢伙吧？」

何胡安厲聲道：「跳！」

「啊，你說什麼？」

「再不跳下去，我就把你手砍下來。」

阿九頭冒冷汗，摸不清對方打什麼主意，只能自認倒楣地跳了下去，「天啊……拜託下面千萬不要有蛇……」

地洞似乎十分狹長，阿九跳下後許久才傳來落地聲，而後便沒有任何動靜了。

阿九畢竟是師父的人，桓意如不希望他有事，擔心地問道：「他不會有事吧？」

「放心，他沒那麼容易死。」國師輕笑一聲。

桓意如俯下身查看洞穴，發現真是深不見底，「底下是什麼地方？」

國師突地攬住桓意如的腰際，帶著她躍進深坑，薄唇若有若無地擦過她的唇，「下去不就知道了？」

落地之後，國師從懷裡掏出夜明珠，照亮了陰暗狹長的通道。

桓意如偷瞟國師一眼，手不自覺撫上嘴唇。

方才他帶她跳下地穴時，她被狀若無意地咬了一口，嘴唇破了一點血絲，嘗到了一抹淡淡的血腥味。

世間最為鬱憤難平之感，大概就是被多次白吃豆腐，還不能發怒的心情了。

走了幾步，就發現了阿九。

只見他躺在地上，半天爬不起來，「我屁股摔成兩半，痛得走不動了。」

最後跳入深坑的何胡安也到了，見到此狀，威脅道：「你再不起來，就會跟你旁邊的死人一樣。」

阿九側頭一看，嚇得寒毛直豎，倏地一下站起身。

他身側躺著的居然是一具泛黑的骷髏，空洞的眼眶蠕動著一條細長的黑蛇，而骷髏的手骨處有一根挖土的鐵鍬。

桓意如大抵猜到了，這地道應該是通向了冥皇墓，而死人是挖出這盜洞的盜墓人。

然而，最不對勁的是，他竟然死在入口前！

「這是什麼鬼地方啊！快點走吧！」阿九泛起了噁心，回頭發現國師三人早走遠了，趕緊追了過去。

「你剛剛不是走不動嗎？」桓意如瞧他健步如飛的腿，滿眼鄙夷地道。

「我可不想一個人留在那裡。」阿九皺起臉嘟囔著，突然彎下身道，「妳有沒有聽到奇怪的聲音？」

桓意如也停了下來，隱約也聽到古怪的嘶嘶聲，由遠處而來。

「看……看那邊……」阿九顫抖地指著他們身後。

岩壁被夜明珠所照之處，一層黑影從上至下蔓延開，近些看原來是一隻隻蠕動的黑蜘蛛，如海潮般淹沒了那具骷髏，也將他們團團包圍。

一隻小蜘蛛爬上阿九的褲腳，隔著布料咬了他一口，痛得他跳跳躥躥地把蜘蛛甩下來，「這蜘蛛是吃人的！」

桓意如不斷往後退，避開蜘蛛的襲擊，卻撞上了身後的國師。

國師長臂一展，將她擋在身後，玉手撒出細細的銀色粉末，碰到的蜘蛛燃起藍色火焰，頃刻間灰飛煙滅。

國師一邊前行，一邊以粉末鋪出蜘蛛不敢接近的路，而桓意如他們踏著銀粉灑落之處，緊緊跟隨其後。

四人走了一段距離，穿過一道狹窄的拱門，來到一間雕欄玉砌的大殿中。大殿用龍紋石柱支撐著四角，殿中央有處枯竭的水池，往下傾斜延伸至封死的墓門。

還未從驚嚇中回神的阿九，被何胡安摁倒在水池邊，鋒利的劍抵在他頸項上。

阿九的頭磕在石板上，疼得眼淚在眼眶打轉，向桓意如求救道：「意如救我！他要殺了我！」

桓意如上前阻止，急聲道：「何將軍，你這是要做什麼……」

「用他的血祭祀墓地。」國師打斷她的話，眼底殺意畢現，「要不是他有用途，他早就死千次百次了。而且，我不容許妳跟其他男人親近。」

最後一段話他的聲音很輕，慌了神的桓意如並未聽清。

她有些恍然道：「他的血有何作用？」

「阿九的先人是製造冥皇墓的機關師，需要他的血開啟墓門。」

原來國師早有算計，才將阿九留在身邊。

桓意如一直把阿九當弟弟看，怎麼忍心眼睜睜看他被活活放血，不由怒斥道：「只靠血就可以，簡直荒謬之談！」

國師輕描淡寫道：「是不是荒謬之談，試試不就知道了？」

眼看阿九的脖子被割出一道血痕，桓意如沉聲道：「既然只要他的血就可以，並不需要取他的性命，何將軍能否把劍先給我？」

何胡安以眼光徵詢了國師的意見後，終於將劍遞給了桓意如。

桓意如接過寶劍，沉聲道：「阿九把手腕伸出來。」

阿九瞪大眼珠瞧著她：「意如妳幹嘛！不要啊——」

桓意如對著他的手腕抹了一刀，鮮血從傷口湧了出來，順著水池裡流淌進圓柱形的凹槽。墓門底部突然發出嗡鳴聲，兩扇緊閉的門在無人的情況下，緩緩朝他們的方向打開。

桓意如想不到阿九的血真的有用，趕緊點了他的穴道止住血流，再撕下衣襬一部分綁住他的傷口。

阿九軟軟地趴在地上，「意如啊，我要死了……妳回去後跟主子說，我是為效忠主子而死，叫他替我造一個烈士墓碑，一定要氣派點的……」

桓意如無奈地道：「你又還沒死……」

「好了，冥皇墓已經開啟，隨我進去。」打斷兩人的對話，國師拽緊桓意如的手，強勢地將她拉進墓門。

桓意如擔心地回頭，見阿九抬起手來，虛弱地以唇語說道：「要小心啊。」

而何胡安竟沒跟上來，渾身僵直地守在墓外。

待門外的兩人身影不見蹤影，桓意如沉默了許久，突然開聲問道：「何將軍不進來嗎？」

「他已無用。」

桓意如嘆了口氣，啞著嗓子苦笑道：「好吧，那我對你來說，有什麼用處?玉無瑕……」

聞言，玉無瑕的腳步一轉，逼近桓意如道：「我的目的是什麼，不是早跟妳說過了?」

她彷彿被捕捉的獵物，一步步畏懼地往後退，直抵上背後的牆壁。

而他順勢畫地為牢，將她困在牆角，俯下身的陰影包圍了她。

地宮隧道濕冷狹窄，寒流從腳底鑽入頭頂，連呼吸都凍結了。

他的薄唇抿成一條線，眼底映著她失神的臉，幽黑如深淵裡的囚牢，將她體內的魂魄吸空。

「我處心積慮將妳留在身邊，為的是什麼，妳還不明白?」

他微涼的手指摩挲她的臉頰，話語冷淡，卻寂寞如霜。

對著一張假面，桓意如很不自在，突然間發現他的下顎隱約有一條白痕，鬼使神差地抬手將其撕開。

果然，是張人皮面具。

玉無瑕一動不動的，任她揭開自己的真面目。

夜明珠的幽光之下，平凡的面容一變，換作另一張絕世無雙的臉。

他高而挺秀的鼻子貼近她，清冽的氣息吐在她的唇上：「妳手裡拿的是從活人臉上割下的皮。」

桓意如手一抖，人皮面具掉了下去，被他一手接住。

「騙妳的。這面具別亂扔，以後還用得著。」玉無瑕將人皮面具收入懷中，嘴角翹起的一條弧度，似乎在嘲弄著她膽怯的行為。

「妳常說人偶無心，那妳的心呢？」對她方才的問題，他甩下一句話後，頭也不回地前行。

桓意如凝視那高挺的身影，頭腦一片空白，想一想還是跟隨其後。

這個男人，他身上每個部位她都一清二楚，卻看不穿他的人。

她不信任玉無瑕，是因為目睹過他的殘忍，對任何人皆是如此——除了自己。

她跟玉無瑕接觸並不久，不足以產生特殊的感情，要說唯一不同之處，大概是自己是創造他的人吧。

兩人之間的氣氛降至冰點，一路上再沒有一點交流。只是在有陷阱暗器射出時，玉無瑕都會適時破解，並將桓意如護在身後。

路的末端有一道石門，門樞被青銅包覆，牢牢封死了去路。玉無瑕伸出手，輕輕揮出一陣掌風，厚重的青銅應聲而斷，石門被輕易地推了開來。

門內是一處偌大的封塚，梁頂畫有風情萬種的九天神女，腰帶的五彩錦綾風中飛舞，好似即將重歸天界。

漢白玉鋪成的石板上，竟陳列著無數棺槨，整齊得一具具排列著，看大小只能裝未長成的孩童。

桓意如橫著豎著數了下，大概有上百具棺槨。

玉無瑕沉聲道：「這些棺槨躺著一百個童男童女，全是為元帝殉葬而死。」

見對方終於肯與她交談，桓意如對此的意外更勝於百人殉葬的殘忍。

「殉葬為何要用這等血腥的儀式？」她不自在地問道。

「當時一名方士說以童男童女的魂魄指引，能帶元帝的亡魂飛升成神。」

「元帝生前想著長生不老，死後想著羽化成仙，委實是貪念太重。」

「自古帝王哪個不是冷血無情？純良之人只會在帝王之爭中，被殘害得屍骨無存。」玉無瑕瞳孔猝然間凝縮，猛地將棺槨的蓋子砸穿，露出裡面枯黑的骷髏，「元帝萬萬想不到的是，這百名童男童女怨念極重，並不會帶他飛升成神，而是化為冤魂永遠囚禁他的魂魄，輪迴往生都求而不得。」

玉無瑕話語剛斷，一團團黑火嘶嘶叫囂著，從百副棺槨中傾巢而出，將他們團團包圍。

桓意如甚至能隱約看見，黑火上有著人臉輪廓。

玉無瑕將之前砸破的骷髏揮開，將桓意如抱起，放進了棺材裡。

「意如，現在他們看不到妳了。」玉無瑕在她額頭落下一吻，重新蓋上棺蓋，「安心等我回來。」

黑火急不可耐地逼近玉無瑕，侵蝕般包裹淺色的衣裳，帶他升上了半空中。

白玉髮冠摔落地面，齊腰的黑絲凌亂飛舞，細長眼眸緊閉著，玉似的肌膚被火映得陰黑。

這時，他緩緩睜開了眼。

原本毫無一絲感情，摻和了說不清的色彩。

貪婪，嗜血。

他突地爆發出恣意的大笑，竟使百團黑火戰慄不已。

「今日，讓你們知道什麼是插翅難逃。」

桓意如被困在幽閉的棺槨內，膝蓋磕在木板上生疼，連喘息都被壓迫著。

艱難地挪動身體，她試圖從棺蓋砸破的裂痕，看清外面發生了什麼。

然後她看見的，是最絕望的毀滅。

當玉無瑕揭開棺蓋，發現她將身子縮成一團，臉深深埋在下面，青絲凌亂地散開著。

如此脆弱，好似一碰就碎。

他的手剛碰上她，她就打了個寒顫，翻過身露出蒼白的面容，柳葉細眉緊縮著，緊咬朱唇看向他。

玉無瑕一愣，她是不是看到了什麼？為何對他這般畏懼？

她應該要明白，就算他對其他人再殘忍，也不忍心傷她一根汗毛。

他傾下身將她摟入懷中，輕撫她的背脊，想慢慢軟化那顆不屬於他的心。

好一會，她緊繃的身子鬆懈了下來，謹慎地問道：「你……你是不是吃掉了那些鬼？」

「妳都看見了？」玉無瑕將她的臉扳到面前，逼她與自己對視，「因為這個，所以在怕我？」

桓意如雖鎮定了許多，瞧著他眼眸時仍是目光閃爍：「之前被你害死的人，他們的魂也被你吃了？玉無瑕，你到底是什麼樣的存在？」

「我需要定時食用魂魄，否則這具身體會無法動彈。」他的聲音帶著無奈與苦澀，專注地凝視她的面容，「若是有一天，我再也動不了了，妳會不會燒毀我？」

桓意如愣怔了一刻，緩慢卻堅定地搖搖頭。

她怎麼狠得下心毀掉他。

不只是因為玉無瑕是她最完美的傑作，或許在被他巧取豪奪的過程中，她不自覺地在意起這個男人。

他眉眼微微向上揚起，似乎在笑。

「意如，不要怕我。」他捧起她的雙手，低頭吻了吻手掌心，「一切都在我操控中，唯獨妳，是我能操控卻不願的，我希望妳自願跟在我身邊。」

酥酥麻麻的觸感，從他落下的吻層層激起。

桓意如深深吸了口氣，不自然地偏過頭。

他曖昧地貼近她，在她耳畔輕輕私語：「我想碰妳了。」

桓意如面露錯愕，推拒道：「這裡是皇陵，到處都是棺材！」

說完這話，她就後悔了。

這根本不是重點，重點是碰不碰的問題！

他輕笑著解開她的衣襟，「所以是嫌這裡髒？」

雖然他也有潔癖，但就是想在棺材裡做，彷彿是用死人的身分碰她。

玉無瑕吻著她從肚兜露出的酥乳，用舌頭濡濕著粉紅的乳頭，牙尖又輕輕咬了咬。

她喉頭溢出難耐的呻吟，體內埋藏的情欲被他激起。

玉無瑕突地將她抱起身，自己半躺在棺材裡，讓她跨坐在他的胯部：「不會讓妳沾到一點腌臢。」

她能感覺到身下的堅硬頂著自己，臉微微地泛紅了，「不是這個問題……是我不想做……」

「可我想。」他笑得好生可惡，俐落地解開她的腰帶，「妳馬上也會想的。」

她白嫩的下身在他面前敞開，蜜穴被幾番挑逗下，很快就濕漉漉的。

他箍著她纖細的腰際，下身一挺，撞進了她柔軟的體內……

她彷彿置於浪潮的帆船，水蛇般扭擺嬌嫩的軀體，兩團白嫩的雙乳上下搖晃，劇烈地將要搖搖欲墜。

唯一的感官是花壺被粗長的巨擘塞滿，一下一下，把她體內的蜜汁逼了出來。在高頻率的抽插中，不斷地縮緊再縮緊，強烈地排斥著那根巨物。

「不要了……停下來……啊啊啊……」她手撐著棺木尋找著平穩。

他狹長的眼慵懶地睇起，當真停了下來，瑩潤如玉的手伸入下體，摳弄她微微發腫的花穴。

她的臉瞬間紅了起來，下面被揉得癢癢麻麻的，硬物卡在花壺中，上不去下不去的。

一股要命的空虛感油然而生，她竟瘋狂地想要他撞進最深處，進入自己的子宮口。

玉無瑕凝視著她泛紅的秀美面龐，秋水剪瞳盈盈如水，他緩緩抬起身，將那具嬌軀擁入懷中，指尖在她的乳頭畫圈。

「想不想要？」他在她珍珠似的耳邊呼了口氣。

承認想要，就是隨了他的心意，日後必定被他輕易玩弄。

桓意如便閉緊了嘴，裝作沒聽見他的詢問。

「想不想，嗯？」她越不願回答，他越要逼她就範。

昂揚在蜜穴裡畫著圈，慢悠悠地磨著她的耐心。

「嗯啊……求你……給我……」她在欲望的折磨下繳械投降，很快巨物又重新蠻橫地進出她體內。

破舊的棺槨吱吱呀呀，發出痛苦的嘶叫，伴隨她口不擇言的嬌喘……

雲雨過後，桓意如蜷縮在棺槨內，早已累得昏睡過去。

玉無瑕整理她凌亂的衣裳，捋開遮住面頰的青絲，手指細細描摹那兩片唇瓣。

「一個死人，一個活人，好一齣郎情妾意啊！」

玉無瑕蹙起極好看的眉頭，聞聲看去，一條黑影就佇立在旁：「你躲在暗處窺視我們多久了？」

那條黑影細細長長，依稀有著男人修長的輪廓，模糊不清的面容只能看清一雙慘白的眼。

「放心，寡人死了萬年之久，對男女歡愛早已不感興趣。你們所做之事，寡人只聞其聲。」

「最好如此，否則即使你是鬼，我也有辦法把你的眼珠挖出來。」玉無瑕的五指捏緊，指骨咯咯作響。

黑影打量玉無瑕，彷彿已看清他的前世今生，「你與寡人真的很像，都被最親的人背叛過，死後成了最怨毒的魂，所謂帝王之爭，也不過如此。你變為人偶重現於人世是為了復仇，還是單純為了她？」

說罷，黑影的白眼瞟向棺槨裡的人，笑聲陰沉嘶啞。

「不要我將跟你混為一談。」玉無瑕將她攬在懷中，對黑影厲聲道，「告訴我，血井在哪裡？」

「寡人就知道你來的目的，既然你吃了把寡人困在此處的冤魂，也算幫寡人一個大忙，寡人便告訴你血井所在。」

玉無瑕抱起桓意如，跟隨黑影穿過封塚下的密道，動作極其輕柔，彷彿怕弄醒沉睡的她。

一滴冰冷刺骨的水珠落了下來，滴在桓意如的秀氣鼻頭，她打了個寒顫驚醒過來，抬頭瞧向玉無瑕。

「這裡……是哪裡？」她迷惘地問。

玉無瑕只是陰沉地看著她。

背後傳來刺耳的男聲：「血井以千人鮮血灌入所造，過了萬年早已乾涸。那相士說這井死人是過不去的，莫非你是想把你的女人送過去？」

「他是誰？」桓意如與黑影詭異的白眼對視，下意識地縮進玉無瑕的懷裡。

玉無瑕順勢摟緊了她，眼底溫柔如水，好一會將她抱著坐了下來：「意如，接來的事，不要害怕。」

桓意如低頭一看，發現坐的地方是硬冷的石井上，井中莫名冒出一股凛冽的陰風。正在她失神之時，玉無瑕突然手臂一伸，將她推進了井裡。

桓意如面露驚恐，緊緊拽住他的臂膀，「你做什麼！」

「意如信我，跳下去。」玉無瑕憐惜似地俯下身，在她的頭頂吻了吻，然後輕輕掰開她的手指。

「玉無瑕……你瘋了！為何這麼對我！」

彷彿救命稻草被掐斷，她頭一栽摔落下去，耳邊是墜落時的嗡嗡風聲。

仰頭一看，那井頂的光源處，他正深深地凝視著自己。而她只能任由身體下墜，直到井底的黑暗徹底吞噬了她。

「你居然指望她幫你改變命運？」黑影諷刺道。

玉無瑕扺起一絲淡淡笑意，看似卻十分蒼白無力。

「不，我要改變的，是她的心……」

被井水淹沒的桓意如，掙扎著浮出水面後，虛軟地倚靠在井壁上。

她分明記得，鬼影說過這井是枯竭的，何來這麼冰的井水？

井口外的天空如此蔚藍，點綴著一片淡薄的白雲，一縷縷光線穿透而下，將清澈的井水照得粼粼發亮，隱約有鳥雀啼叫傳來。

等等，方才不是在幽暗的皇陵裡，怎麼會有藍天？

她也不顧上那麼多了，井水太過冰冷刺骨，凍得她全身僵硬。

「玉無瑕，你在上面嗎，快拉我上去！」她扯著嗓子喊道，才幾聲就氣喘吁吁了。

回聲在井底迴盪良久，在她幾乎絕望之時，井口突然出現一個人影，探出頭來瞧她的情況。

「別害怕，我這就救妳上來。」那人清越的嗓音放得極其輕柔，似乎在安慰受困的她。

他叫桓意如把粗長的井繩繫在腰帶上，再平穩地把井繩拉到井頂，將她從井裡抱了出來。

見她趴在草地咳嗽著，那人蹲下身柔聲問道：「姑娘，妳還好嗎？」

桓意如撥開遮住雙眼的濕髮，看清眼前之人的俊美面容。

可惡的玉無瑕！

這人之前那麼濃情蜜意，突然莫名其妙地將她丟進血井，現在又假裝好心地撈她上來，把她當猴耍很好玩嗎？

「玉無瑕，你這個混帳！」她咬牙切齒地罵著，抬手狠狠搧了他一巴掌。

啪一聲，他白嫩的面頰浮出一道紅腫，有稜有角的薄唇微微張開，滿是驚愕地瞪著行凶者。

「來人啊，護駕！」一個粗布衣的男人經過此處，瞧見這一幕大喊道。

頓時有數十名護衛將桓意如圍起，一把把刀劍無情地指著她的脖子。

桓意如這才發現自己來到了一座花園裡，而那個長得極像玉無瑕的人，正瞇起墨瞳斟酌著自己。

他一襲淡黃色直襟長袍，腰束一根金絲祥雲紋腰帶，齊腰的青絲以鏤空鎏金冠高束，站姿猶如一株芝蘭玉樹，透著與生俱來的儒雅貴氣，令人覺得高不可攀。

這人除了得天獨厚的相貌，裝束跟氣質與玉無瑕分明不同。

「太子殿下，刺客要怎麼處理？」護衛長等著他的指示。

桓意如聽了不由一愣，被她扇了一掌的人被稱為太子，那玉無瑕又到何處去了？

此時三月芳菲，清晨仍有些微寒，以太子的視野看來，桓意如在寒風中微微顫抖，濕漉的衣裳清楚勾勒出玲瓏曲線，彷佛一株搖搖欲墜的水仙。

太子褪下外袍披到她背上，將嬌小的身子裹緊。

侍衛長扯著大嗓門，指著桓意如道：「太子殿下，這女人剛剛想行刺您！」

太子搖頭道：「這姑娘方才落入井底，神智不清的，應該是認錯人了。」

桓意如觀察太子的言談舉止，越發覺得他與玉無瑕不同。

太子沖她淡淡一笑，轉身離開花園：「天氣還有些冷，帶她換身乾淨的衣服，不要著涼了。」

侍衛們面面相覷，無奈回應：「遵命……」

尚在迷惘的桓意如被帶到僕人的房間，侍女扔給她一件破舊的婢女裝。

期間一個叫李莫非的總管找過她，陰著臉扣住她的脈搏：「妳會武功？」

桓意如如實回答：「會，雞毛蒜皮罷了。」

「哼，諒那些人也不敢派妳這種人來行刺太子。」李莫非甩開她的手，嗤笑一聲，「換好衣服後，趕緊滾出太子府。」

桓意如摸著發麻的手腕，心道她怎麼可能這麼容易離開，得從哪裡來就回哪裡去。

雖然功夫不濟，輕功卻是她最拿手的。

是夜，桓意如偷偷潛入後花園裡，找到了白天那口水井。

她伸頭探進井內一看，只望見水面上的一汪明月。

「姑娘，為何對這口井如此執著，又想像早上一樣投井自盡？」

揶揄的嘲弄聲突兀地響起，回頭一看便見太子高挺地站在身後，清冽如水的月灑在他皎潔如玉的面容，雙眸透出一絲淡薄的輕蔑之意。

此時的他，像極了玉無瑕。

第八章　太子

被他逼人的目光盯著，桓意如心虛地往後縮了縮，背脊被井壁磕得生疼。

桓意如咽了咽唾沫，乾澀道：「其實，我是被人推下井的，醒來後就出現在太子府裡了。」

管他信不信，雖然這事有些荒誕，但句句屬實。

太子眉宇微蹙：「當時妳喊了玉無瑕這個名字，莫非就是他推妳下井的？」

桓意如搖搖頭：「他不是我的仇人，但我與他淵源極深。」

「淵源極深……不是仇人，難道是情人？」他口氣有些輕佻，卻不放過她每一瞬表情。

桓意如目光一沉，默不作聲。

兩人面對面靜默了良久，太子才打破沉寂：「罷了，夜黑風高，早些回屋休息吧。李總管可有給你安排房間？」

桓意如悶悶地搖搖頭，她一換好衣服就被趕出府了。

「我會派人給妳安排住宿，姑娘沒地方去的話可以留在這裡。」他解下自己的狐裘披肩，披在桓意如身上，最後頭也不回地離開，「這麼冷的天，多穿些衣裳，不要讓我再脫第三次。」

披肩帶著他的體溫和氣息，溫熱且清冽，話語卻是冰冷疏離的，只令她不寒而慄。

當晚，李總管幫桓意如安排了僕人的單間，還說太子府不收留閒雜人等，想留下就得跟僕人一樣勤勞。

桓意如也沒地方去，只好聽從李總管的安排。

次日，她被分到種花的差事，大清早就跟隨一些花奴鬆土去了。每個人手頭都配到了一批種子，等那些花奴走光，她手上還剩一半種子。

她額頭流出點點汗珠，手陷入稀軟的泥土中，費勁地刨出一個坑來。

突地，一道陰影遮住了頭頂的烈日。

「鳳仙花無需作穴，灑在土面上即可。」

她聞聲回頭，見太子彎下身看她撥弄土壤，眸光極為深沉。

他肖似玉無瑕的臉，與自己如此的接近，她不由呼吸一滯：「我第一次種花……」

「看這情形得有人教你。」他也蹲了下來，離她更近了些。

「不用了，我一個人可以。」她客套疏離地說。

「我擔心妳浪費了花種。」

這一句話直接打敗了她。

太子是惜花之人，將花種看作孩子般，捧在手心好似怕掉了。

「這種乾扁的是蘭花種子，養起來極其嬌貴，要栽培在瓦盆裡，不能養在太烈的光下，陽臺裡、房檐下養是最好的……」

桓意如對種花的知識並不感興趣，無意識摸摸微癢的鼻頭，手指上的泥巴蹭了上去。

太子見她晶瑩的肌膚黑了一片，指了指鼻子：「怎麼把臉抹髒了？」

桓意如困惑地又抹了把臉，引得他噗哧一笑。

潔癖如他，實在忍不住掏出錦帕，輕輕擦拭她的小臉：「髒得讓人受不了，跟隻小花貓一樣。」

她的心跳紊亂了幾分，愣怔地瞧著他專注的臉。

他溫熱的手指不經意碰到她的臉，細長的眉眼彎彎，只是溫柔地對她笑：「總算乾淨了……」

這麼一笑，繁花似錦，花香越濃……

「太子殿下，有些話奴才不知當不當講。」

窗明几淨的書房，太子執筆給畫梅點墨，聞聲抬眼看向李總管：「何時變得吞吞吐吐，有話直說就好。」

李總管輕咳一聲，沉聲道：「殿下與那個平民女子，最近似乎走得太近了些。府裡的人在偷偷討論，她會用什麼手段爬上殿下的床……」

「李總管，此話以後不要再說。」筆頭被摁到宣紙上，劃出一道突兀的墨痕，太子面無表情地看向門口道，「天色有些晚了，早點回屋休息吧。」

李總管趕緊閉緊了嘴，道了聲歉便慌忙離開

在李總管看來，素來想勾引太子的女人不在少數，然而無一人能夠接近，可見那女人的手段非同一般。

太子待李總管離開後，握起毛筆細細地勾勒，多餘的墨痕變為盤起的秀髮，畫出琥珀的杏眸、小巧的鼻梁與微張的櫻唇，再在鼻頭上點上一點汙跡。

一個臉上沾著泥巴、卻渾然不覺的秀美少女躍於紙上。

府內的人所言不差，自那次以後他總會「偶遇」她，起初是他對這女子十分好奇，想探究她到底有何目的，可後來在教她種花過程中，他漸漸沉迷了。

「我還不知妳叫什麼名字……」太子撐著下頜凝視畫中少女，眸子流淌著柔和的波紋，倦意隨著夜色侵襲而來，他的眼皮緩緩闔上……

又是在繁花深處，嬌小的少女匍匐在花壇，聽到他的腳步聲回頭，笑盈盈地與他無聲對視。

他彷彿被操控似地逼近她，將她壓在刺紅的牡丹花上，撕開在他看來如紙般脆弱的衣裳。

少女玲瓏晶瑩的胴體顯露出來，每寸肌膚都滲著花香，她在他身下扭動，妄圖逃離牢不可破的桎梏。

這時，一股燥熱的火在腹中亂竄，令他瘋狂地想在這副嬌美身軀上發洩，一手擒住她掙扎的雙手，膝蓋壓住她細白的腿。

下半身脹得粗大，不知何時進入了她的體內，毫無章法地在溫濕的穴道衝刺著，卻每次堅定有力地撞擊最深處。

她圓潤的面頰染上嫣紅的霞光，在寬厚的胸膛下細聲求饒：「不啊……不要……求你……」

這聲音更像一副催情藥，使他越發亢奮起來。

他將少女翻轉過來背對自己，如騎馬般再次占領她的嬌軀，粗硬的巨擘在兩片雪白的股瓣間，整根沒入再抽出，令她呻吟越發大起來。

「玉無瑕……不……」被玩弄成一灘水的她，帶著哭腔求救般呼叫。

他聽到她叫出的名字，心頭猝然一緊，將她扳過身正對著質問：「妳叫誰？」

她幽幽地凝視他，「你不就是玉無瑕嗎？」

尖銳的陣痛從頭顱灌入體內，他摸著額頭一聲聲低喃著，一道強光照來，令他失去了知覺。

待他清醒時發現仍睡在案桌上，窗櫺透入的晨曦迷離他的眼瞳，意識在這一刻徹底恢復。

原來只是場無邊春夢……

「玉無瑕……」他反復喃念這個名字，低頭望向案桌上的畫卷，沉著臉將它收納起來。

近幾日在花園種花時，桓意如一直形單影隻。時不時奚落她的笨拙、實則極耐心教導她的人，沒再出現過。

她身為一個種花小廝，府內上上下下卻對她格外尊敬，瞧她的眼色還帶有妒恨的情緒，這是從太子教她種花被人瞧見開始的。

她只當自己是個過客，並不在意那些閒言閒語。

直到某天早晨，他途徑花園，連眼角都不願瞟她一眼，終於讓她覺得不豫起來。

她將花苗當作他塞進土裡，插得東倒西歪的，鼓著臉頰道：「長得像玉無瑕，脾氣也怪得可以，比三月的天還捉摸不透！」

也對，他是當今太子，怎麼會在意她一個尋常女子呢。

罷了，離開此處才是關鍵。那口井自那晚被發現以後，她再也沒有偷偷查看過，不管如何不能再拖了。

她拍拍灰塵剛要起身，腦門突然一擊鈍痛，眼前一片天旋地轉後，暈倒在地。

「趁太子這幾日公事繁忙，把這個女人扔進井裡，用石板將井口封死，不要留下一點痕跡。」

暈眩的她隱約還能聽見，那人略帶老成的聲音，總覺得有絲熟悉。

幾個人將桓意如抬起，偷偷摸摸地抬到井邊，再毫不留情地把她扔了下去。

她的身體沉入冰冷的井水中，起起伏伏良久後終於浮起，抱緊雙臂撕心裂肺地咳嗽著。被扔下井時背脊被刮破了一層皮，一絲絲血滲了出來，泡在刺骨的井水裡更折磨著她的痛覺，每分每秒都是致命煎熬。

真是十分諷刺，她之前還想下井查看，不到一會就得償所願了。

想起害她這番的罪魁禍首，桓意如苦笑道：「玉無瑕，我現在生不如死，你可滿意了……」

壓著井頂的石板缺了一角，露出一小塊靛藍的天空，一縷光線照拂在她蒼白的臉上，像是絕望中的一線生機。

她啞著嗓子叫了好一會，都沒有人來，不知是真的沒人聽到，還是無人敢救。

她索性靠在井壁上養精蓄銳，想著即使死了至少還有靈魂存在，等再遇玉無瑕時，只求他不要吞噬了她。

日落月升後，井底下幽黑一片，環繞她的水越發冰冷，她的身體也越發虛弱。求生意識被抽離出來，她再也難以在水面支撐，漸漸無力地滑落下去，被刺骨的井水徹底淹沒。

當水湧入她的口鼻差點窒息之時，她彷彿聽到石頭摩擦的聲響，隨之什麼重物撲通一聲掉了下來。

緊接著她好似被橫抱了起來，有人溫柔地擁緊著她，彷彿她是根一折就斷的蘆葦。

她艱難地撐開了眼皮，迷糊地看著那人。

是玉無瑕，亦或是太子，她真的分不清了……

太子將桓意如救上了地面後，李總管趕了過來，面露關切之意：「太子殿下，這姑娘落井這麼久還有口氣在，真是福大命大！奴才立刻安排一個婢女照顧她。」

身邊的侍從伸出手臂想接過她，太子搖搖頭側過身道：「不需要，給你指示的人照顧，我怕她最後一口氣都沒了。」

李總管臉色一沉，低下頭道：「太子殿下說什麼，恕奴才不明白。」

「你心裡明白就好。」太子抱著她頭也不回地離開，一字一頓道，「沒我的允許，不准任何人碰她一根汗毛，否則休怪我不顧以往情分。」

「奴才遵命。」李總管低著頭，聲音聽起來相當恐懼。

回到太子寢室，早已昏迷不清的桓意如，被安放在綿軟的床塌上。

她的臉上泛青，衣裳濕得不像樣，身子在無意識地顫抖。

太子從櫥櫃取出一條乾帕子，思忖一會後，緩緩地解開了她的衣襟，露出精緻白皙的鎖骨和繡著梅花的紅肚兜。

少女的肌膚因被泡在水裡太久起了褶皺，蒼白無色如同一張薄紙，甚至能瞧見皮下的淡青血管。

他解開了肚兜的繩子，將她的身體翻轉過來，察覺背脊上破了一大塊皮，已經開始紅腫發炎了。

難怪她會昏迷不醒，原來癥結在此。

他抿緊薄唇抑制下怒火，找傷藥塗抹在她的傷處。藥敷在皮膚上十分刺痛，她痛得縮緊身子。

「忍一忍，塗了會好得快些。」太子在她耳邊溫言細語，手下的動作仍在繼續，如同羽毛在潰爛的肌膚上搔刮，她沒再呼痛過了。

均勻塗抹好後，他放了塊紗布墊在背上，猶豫著抽開了她的肚兜，初次瞧見少女曼妙的胴體，視線再也無法從她身上挪開。

她猶如撥了皮的紅櫻桃，衣裳半解著垮在腰際上，柳葉腰肢不盈一握。雪桃似的酥乳生著兩顆粉紅茱萸，隨著呼吸微微上下搖動。

雙腿細長筆直，淡褐的絨毛生在腿間，遮蔽最隱祕的幽谷。

他試圖拋去一切雜念，如同擦拭玉器般，輕輕沿著將沾了熱水的帕子擰乾，擦拭她微濕的頸項，再緩緩延伸到雙乳間。

那彈性的觸感極為舒服，在手下綿軟成一團，揉成不同的形狀。

太子怕繼續下去，會忍不住化為禽獸，將她壓在身下。他倉促地停下手裡動作，給她蓋上被褥，正要回書房待一晚。

「求你……別走……」桓意如突地呼喚出聲，似呻吟似哀求。

這一聲扯斷了他緊繃的弦，腹中燥熱的火燃燒而起，引得身下的火熱腫脹難耐。

他停下了腳步，摸摸她的額頭，發現她身上一片冰冷，只是微闔著眼，看樣子意識不太清醒。

「玉無瑕……不要再扔下我……下面好黑好冷……」

究竟是誰，做出拋下井的惡毒之事，還能使她一心一意地念著？若換他做了禽獸的事，她又會如何？

「我不是妳所說的人，看清楚我是誰！」

他的話語透著涼意，抬手褪下外衣鑽進被褥，與赤裸的她貼在一起。他身上的一團火熱，吸引著冰冷難耐的她，像八爪魚一樣黏著他。

那根灼熱的粗棍頂在她腿間，隨著她不安分的扭動，在細膩光滑的肌膚來回蹭動。

太子深吸了一口氣，想在她身上宣洩欲望，卻因從未有過男女之事，對此完全不知如何作為。

他將昂揚夾在她的腿間，由著本能聳動身體，粗硬與柔軟劇烈摩擦，激起了前所未有的強烈快感。

桓意如被他壓在身下，雙乳像白兔上下搖晃，雪白的胴體漸漸發熱，低柔地溢出呻吟：

「嗯……好癢……」

他越發激烈地占有著她，將細嫩的私處磨得泛紅，直到滾燙的白濁流在她腿根間，最後摟緊她相擁而眠……

次日，桓意如迷迷糊糊地醒來，發現自己躺在小隔間的床上，一個婢女正蹲在旁邊清理打掃。

「我這是在哪裡？」低頭見身上只著了件褻衣，她迷茫無措地問。

「太子的起居室啊，小姐的物品都搬過來了。」婢女意味不明地笑了一聲，接著說道，「不過得睡在隔壁侍寢的隔間，恭喜妹妹榮升為太子的貼身婢女。」

被婢女絮絮叨叨了一個早上，桓意如的耳朵快磨出繭了。

太子素然喜歡清靜，從未安排過貼身婢女，她作為首任，得盡心伺候著。除了服侍日常生活外，若太子夜裡有需求，還得侍寢。

婢女還掏出一本畫冊，神色曖昧地遞給了她。

桓意如翻開一看，臉一下子漲得通紅，手勁猛地上來，差點把書撕了。

婢女臨走前還叮囑著：「把臥房裡裡外外打掃一遍，太子眼裡可容不下一點灰塵。這本春宮圖好生研究，總有用得著的時候。」

待婢女離開後，桓意如彷彿捧著燙手的芋頭，連忙將春宮圖藏在床鋪底下，才鬆了口氣。

遇上這情形她只想逃，可是又能逃去哪裡？在府中這麼多日，她已經打探清楚現在所處的時間是十六年前，也就是她師父的父皇御景帝還在位的時候，那時的自己甚至還沒出生。

唯一能回去的方法或許就在那口井裡，可她上次被困了那麼長的時間，連一點能離開的跡象都沒有。

她只能乖乖留在太子府，耐心等待離開的時機。

到了傍晚二更，桓意如在隔間聽到臥房有走動的聲音，探出腦袋瞧了過去。

燭臺投射出的光線昏昏沉沉，穿著月白錦服的修長男子背光而立。

他的面容在幽光下瞧不真切，只依稀能看清高挺的鼻梁與有稜有角的下頷。

那雙亮如明鏡的眸子看向了她，冰冰冷冷，毫無情緒。

她的思緒像被抽離般，腦中一片空白，生澀地學那些婢女作揖：「太子殿下……」

太子抽出一根蠟燭，點燃後插在燭臺上，漫不經心地道：「今日妳做了何事？」

臥房的光線被點亮了幾分，把她的內心也點亮了。

彷彿被嚴刑逼供，她有一絲不安：「……打掃房間。」

其實房子裡的東西，她一樣都沒碰。

「哦？」他輕笑一聲，玉指指向燭臺，「蠟燭燒完的灰不清理嗎？」

「……是我疏忽了。」

「看妳的表情，像是心不甘情不願。」

「哪敢……」桓意如低著頭悶悶道。

太子對任何人都是謙和有禮，獨獨對她不太一樣，她到底哪裡得罪他了？做什麼他都看不順眼。

既然那麼討厭她，何必派她做貼身婢女？

沒多久，兩個侍從將浴桶搬進屋內的屏風後，太子見桓意如一動不動，蹙著眉道：「傻愣著做什麼，還不過來解衣。」

桓意如何曾伺候過男人沐浴？她慢慢地伸向他的白玉蟒紋腰帶，怎麼都找不到解腰帶的玉釦，白皙的臉急得微微泛紅。

「笨手笨腳的。」太子笑著自個解開，手有意無意地碰到了她。

是她錯覺嗎，這話有一絲寵溺的味道……

桓意如觸電似地縮回手，見他一件件褪下衣裳，眼睛不知道往哪看。

「找一塊乾淨的帕子過來。」太子坐進浴桶裡，水微微地濺了出來。

桓意如取下衣架上的白帕子，惴惴地走到屏風邊，還是不可避免地看清了他的上半身，一時間驚愕地無以復加。

晶瑩的水珠凝結在精壯寬厚的胸膛上，在泛黃的燭光下足以亂人心神。

墨黑的長髮披散在肩頭，太子抬手將其繞在耳後，露出完美無瑕的容顏：「過來，擦背還要我教嗎？」

桓意如躊躇了良久，沾水的帕子被她擰成了麻花，連一點水都擠不出了。

「帕子要被妳擰壞了，連擦背都不會，笨得可以。」太子眉頭一挑嘲笑著，勾住她捏著帕子的手，指引到他的背上：「從肩膀往下，慢慢來。」

他畢竟是一國之君的嫡子，肌膚比平常男子要光滑細膩一點，但絕不失男人的結實精壯。

溫濕的霧氣蒸騰如雲，縈繞在桓意如周身，她擦拭著寬厚的肩膀，手不自然地微微顫抖著。

「太輕了，沒吃飽飯嗎？」

聞言，她手下的力度大了起來，從肩膀沿著背脊擦身，將白皙的肌膚擦得有點泛紅。

「力度又過重了。擦身還要人教？」

太子無奈地笑了聲，回過身握緊她的手，放在自己的胸膛上。

窗外的月色照人，浴水清澈見底，胸前兩顆紅豆若隱若現，往下是緊腹與窄臀。

他引導她的手向下擦拭，觸碰到兩條玉竹似的雙腿，再往中間挪了挪，握住了一根粗長的棍物，劍拔弩張地抵著她手心，肉壁的筋脈還在微微跳動著。

很熱，熱得她滿臉通紅、口乾舌燥。

桓意如猛地抽離了他的手，驚慌失措地背過身，剛要逃奔出門，身後傳來太子冷冷的聲音：「妳能去哪裡？」

她回頭見太子已離開浴桶，一手穿戴淡黃長袍，目光凜冽地盯著自己。

「我要去——」

在她的荒謬謊言出口前，他丟下一句話，留下她推門而出。

「我去書房一趟，妳早點歇息吧。」

桓意如看著他離開，而後收拾了浴桶邊的雜亂，聳聳肩回到隔間，躺進自己的小被窩裡。

身下的床鋪不同於太子的綿軟，跟結了塊似的堅硬，睡得身子很不舒服。

她翻來覆去好一會都睡不著，之前伺候沐浴的那一幕，在腦海不停重播。

太像了，不止長相一樣，還有身體。

會不會太子就是曾經的玉無瑕？如果真是如此，玉無瑕把她弄到過去，目的又是什麼？

桓意如越想越覺得詭異至極，索性拋開一切思緒，縮進被窩沉沉睡去。

三更時分，一個頎長的身影悄然走進，清亮的眸子泛起旖旎的柔光，輕輕撩起小床的被褥，凝視她沉睡的小臉。

他從被褥的一角鑽了進去，小心翼翼地環住她，薄唇印在她微張的小嘴上，像隻偷腥的貓舔了舔，又怕她醒來似地極快分開。

這是他初次親吻一個女子，她的唇很軟很香，碰一下就能使人上癮。

「這樣都不會醒嗎？」他又不知足地啄吻了下，見她沒醒，抱著僥倖心態，將舌尖伸進她的小口。

「嗯……」她嚶嚀一聲，難耐地扭動著身體。

他慌忙地結束了這個吻，見她還是沒醒，鬆了口氣，手下動作開始肆無忌憚起來。先解開她褻衣的衣釦，露出蝴蝶骨下蜿蜒的乳溝，這副少女的胴體美得不可思議。此時的他在賭，如果桓意如中途醒來，他便不顧一切地占有她。而她或許是因為太累的原因，睡得很死。

好吧，就讓她好生睡一覺吧……

昨夜桓意如睡得格外香甜，暖和的被褥裡有股清香，像沐浴過後的味道，沁人心脾。大清晨醒來，見桌案上擺了一個香木盒子，上面的紙張寫了蒼勁峻逸的小字：「穿上，來後花園。」

簡明扼要，一向是他的作風。

盒子裡放著一件白玉煙羅裙，做功十分精緻。

她換下了婢女樸素的裝束，三千青絲以梅花琉璃簪束起，一小縷順垂在胸前，小巧的耳垂戴上珍珠流蘇環，淡黃織錦繫於腰間。

鏡中少女彷彿已不是自己，她捏著衣襬躊躇了良久，才向後花園走去。

太子府後花園有一方碧湖，青色蘆葦隨風搖曳，岸上種了一株株粉色桃花，零丁地落下粒粒花雨。

一名頎長俊雅的男子正對著湖岸，坐在大理石砌成的石桌邊，手下的毛筆行雲流水地在宣紙上畫著。

「替我研墨。」他沒有抬頭，只是淡淡地開口。

桓意如常幫師父研墨，駕輕就熟地攬下了這個活，發現太子畫的正是桃花下的碧湖，每一筆都是丹青妙筆。

她俯下身瞧他的畫作時，沒注意領口垂了下去，露出天鵝般的頸項，和幽谷似的蝴蝶骨，不經意間撩人心懷。

「坐下。」太子掩飾般地咳了一聲。

桓意如才剛在他身邊的石凳坐下，就被他趕走。

「坐到湖邊上去。」他的話不容置喙。

桓意如瞧著湖邊愣了愣，問道：「那裡沒地方坐啊。」

「不懂席地而坐嗎？」

「……」

她無奈地找了處乾淨的草地坐下，擔心新換的衣裙弄髒，小心翼翼地把衣襬往上撩起，餘光無意撞到太子瞧著她的清亮眼眸，心裡升起一股異樣情緒。

太子冷漠地收起目光繼續作畫，而後再也沒看過她一眼。

桓意如百無聊賴地拔了根蘆葦，像小時候常做的一樣，編成一隻小蝗蟲。

腳邊的草蝗蟲堆了一地，太子才將作好的畫卷收進錦盒，站起身將要離開。

桓意如拍拍衣裙走了過去，殷勤地想幫他收好筆墨，一個不慎把錦盒撞了下來，數張畫紙撒落一地。

湖邊的風很大，將其中一張吹了起來，一下拍在她的臉上。

她失措地撥開畫紙，看清上面畫著是什麼後，一時驚愕得無法言喻。

畫中正是太子方才畫的桃花碧湖，不過多出了一個妙齡少女，坐在湖邊編著蝗蟲，紛紛桃花縈繞她周圍，人面桃花相映紅。

再看其他幾張畫紙，也是同一個女子。有匍匐在花叢中栽花的、有捏著帕子在浴桶邊的、也有蜷縮在被褥裡安睡的……

此時太子的臉色不太好，啊不對，是非常非常不好。

他不失優雅地俯下身撿起畫紙，桓意如也趕緊幫著撿了幾張，滿臉歉疚地遞給了他。

「我……」她弱弱地想道歉。

「妳……」他口氣有些怒意。

兩人的話撞在一起，一時都沉默了下來。

太子輕哼一聲打破僵局，端起錦盒拋下她離開。

桓意如看著他被晨曦拉長的身影，有股五味陳雜之感。

她嘴角不自覺咧開，噗哧笑出聲。

哈哈哈哈，眼淚都要笑出來了，心情愉快了不少呢。

這一日太子沒再出現過，不知是因為忙於公事，還是厭煩見她。

桓意如很早就躺回了床上，在狹小的被窩想東想西，回想早上發生的事情莫名地想笑。

突然身上的被褥沉了下來，好似被什麼重物壓住了。

她吃驚的撩開被窩的一角，意外地瞧見一張俊美無儔的面容，身上的男人正氣勢洶洶地瞪著自己，狹長的眼眉蘊藏著洶湧的怒意。

甚至可以說是欲望。

此時的太子將桓意如壓在身下，被觸怒下揭開她的被子：「很好笑是不是?待會讓妳哭都哭不出來。」

第九章　綺夢

此時的桓意如徹底明白，何為男女之間的體格差距。

她好不容易找出空隙，從健碩的男人身下掙脫開，跌跌撞撞地逃了幾步，又被他拽住胳膊丟回床上。

扭動的雙手被他單手擒住，用撕下的布條捆綁在床柱上，他的身軀穩如泰山地壓制著，這下她徹底逃不掉了。

「妳逃不掉的。」太子嘴角噙著桀驁的笑，對她勢在必得。

「不要……你做什麼……唔！」話還沒說完，眼前一暗，嘴就被堵了。

桓意如甚至嘗到一絲血腥味，看來嘴皮被咬出血了。

太子的唇從她的嘴角、沿著白皙的頸項吻了下去，一手強勢地解開礙眼的衣襟。

桓意如心頭警鈴大震，雙腿亂蹬踢著床褥，啪一聲，某樣物品從床單底下滾落。

太子聞聲看去，是一本書，他俯下身撿了起來，待翻了幾頁後闔上書本，瞇起眼瞳看向她，神情難以捉摸。

「這本書是別人給我的，我從來沒有看過！」桓意如口不擇言地解釋著。

若是眼前有塊鏡子，她便知道自己臉紅成怎樣了。

「這本書妳不必看。」太子輕笑一聲，將書重新翻開，「我看過後再教妳就好。」

「不……不必了……」

他置若罔聞地一頁頁翻看起來，表情極為專注，盡是禁欲的迷人氣息。若有旁人根本猜不出，他手下拿的是一本春宮圖。

當翻到最後一頁，太子將春宮圖冊丟在地上，逼近她繼續後面的進攻。

她的衣裳原就凌亂不堪，斜挎的褻褲被扯了下來，兩條小白腿光溜溜的，還被殘忍地分開來。

腿根的幽谷暴露在他面前，兩股雪白的山峰間，粉嘟嘟的花蕊含苞欲放，散發著一股少女清香。

太子的眼眸越發幽黑，彷佛一隻蓄勢待發的黑豹，想瘋狂地占有身下的獵物。

桓意如側過臉閉緊眼皮，赤裸的身體微微顫抖，對要發生的侵犯無能為力。

她能感覺到一根灼熱的硬棒，在最私密的三角地帶，來來回回地蹭動著。

「啊啊啊……不是那裡……進錯地方了……」

欲闖入祕洞的「野獸」停下步伐，卡在最難堪的洞口處，更讓桓意如欲哭無淚。

「是……下面那個……」

明明是對方在強迫自己，居然演變成她教他做，實在是太難為情了！

但，總比進錯地方疼死好啊……

閉上眼睛的她看不見，太子的俊臉浮出尷尬神色，握住肉棒重新找好位置，擠開貝肉，強硬地鑽入。

少女的陰道狹窄幽長，排斥著碩大的龜頭，對從未有過性事的男子來說，是極為刺激的。

太子吸了口氣，箍著她的細腰，一下子撞進最深處，捋開遮住她面容的青絲，細細凝視漲紅的小臉。

此時他深刻地意識到，自己的一部分正在她體內，光是如此便令他異常滿足。

他溫柔地吻住她，試圖將那份愉悅感染給她，下身卻由著本能猛力抽動，不顧一切地占有……

內室春香融融，狹小的床褥起起伏伏，溢出女子低柔的嬌喘，好似冉冉而上的雲煙，一聲聲斷斷續續、忽高忽低。

身上的人很沉很熱，壓得她透不過氣。張開的大腿蜷曲著，腿間被塞滿一根灼熱的硬物，一下下地往裡橫衝直撞，劇烈摩擦著她最敏感的媚肉。

太子緊緊壓著躺下的她，肉棒來回抽弄了數百下，忽然解下勒住她的布條。

本以為他大發慈悲要放過她，沒想到又將她翻過身，重新插入她渾圓雪白的臀間。

酥乳的肌膚瑩潤似玉，兩顆乳尖在撞擊中一搖一晃，殷紅得妖冶如梅。

這種姿勢入得最深，給男人極大的征服感，彷彿身下的嬌小女子，可以任其肆意擺弄。

他雙手握住飽滿的酥乳，像揉麵團般把玩，伏在她背上貼近耳畔，曖昧低沉地說道：「這招叫老漢推車，記不住的話多學學。」

桓意如小嘴張開，大口大口地喘息著，聞言羞憤間小穴驟縮，夾緊那根肆虐的肉棒，反而更讓對方快意連連。

太子用力抽送著，突地腰腹一緊，賁發的昂揚隨之射出濃郁的白濁。

桓意如癱軟倒下的同時，還隱約能感受到白濁深入體內的滿溢。

本以為一切都結束了，太子啄吻她細滑的背脊，還未抽出的肉棒重新硬了起來，將她翻轉過身坐在自己腿根上。

「觀音坐蓮，這名字不錯。」他低笑著捧起她的腰，把她上半身抬起，又猛地往下一壓，使下身頂入她的體內。

「哈啊……啊啊……」桓意如頭向上揚起，嗚嗚地輕叫著。

即使百般不願，塞滿體內異物，在不停攪動她的快感，彷彿要把她的水榨乾了。

兩人交合間流出淫液和精液，在劇烈的摩擦下磨成點點白沫，淫穢不堪地滴落在床榻上。

她只需微微低頭，就能瞧見白皙的雙腿間，腫紅的花蕊往兩邊翻起，插著一根紫紅的棍子，整根插入又整根抽出。

仰躺著的他微瞇雙瞳，目睹她難掩的情動，不禁也坐起身摟著她，輕吻她的粉唇：「這叫懷中攬月，我最想試試看的姿勢。」

堅硬胸膛蹭著柔軟的雙乳，一手攬住她亂動的嬌軀，一手把玩著她晃動的乳頭。臀部有條不紊地挺動著，一下下撞進少女的體內。

他真的學到了春宮圖冊的精髓，將她當玩偶似地擺成不同姿勢，昂揚如同利器刺穿她嬌柔的胴體。

「不行了……夠了……求你……」她虛軟地推著他，手勁綿軟無力。

「叫我懷瑾，顧懷瑾。」他將她融化體內似地摟緊，吻著她的耳垂道。

這是桓意如初次知道他的名字，因著太子地位尊貴，無人敢直呼他的名諱。

「妳也可以叫我無瑕。」他神色不明地笑了笑，托起她的下頜正視道，「名懷瑾，字無瑕，是我亡故的母妃所取，知道我的字的人為數不多。」

「無瑕……」桓意如雙目渙散，失神地望著他。

「跟妳喊的那人名字很像吧?我那時也是這般認為，還以為妳是故意接近我，後來才知道只是巧合而已。」

他下身猛地挺入甬道深處，白濁重新灌滿子宮，再將她安放回被褥裡，聲音輕柔如同私語：「從此以後，我是妳唯一的無瑕。」

而桓意如並未聽清他的話，頭腦一片混沌，瞪著眼前晃動的太子，震驚地無以復加。太子就是玉無瑕，這麼明顯的事，為何她一直沒有猜到？

太子，或稱為玉無瑕，給她蓋好被褥時，見她細長的腿根滲出黏膩的白濁，唇畔染起清淺的笑意。

彷彿是道烙印留在她體內，證明著這個女子屬於自己。

聽聞過女子的初次會流血，而且她的反應毫不生疏，若是尋常男人，大概會如鯁在喉。但他毫不在意她的過去，只要日後她的身心只有他，這就夠了……

桓意如打撈一桶井水倒入木盆裡，撒了一點皂莢用棒槌敲打床單。她的力道極狠，一捶下來水花四濺，不似洗衣倒似發洩，彷彿是把眼前的床單當成某個可惡的傢伙了。

初嘗雲雨的人格外亢奮，驟雨停歇的後半夜，又壓住熟睡的她做了兩次，以致於她下床後走路都不穩。

昨夜那番雲雨，整個床單濡濕了一片，盡是羞人的痕跡。要是婢女進屋打掃，瞧見必定滋生事端，她只好偷偷洗了。

捶打了好一會也覺得累了，桓意如盯著水盆倒影裡的自己，微翹的眼梢竟透著股媚態，像是一株被潑灑雨露的嬌花。

是錯覺嗎？為何被強迫後的她這麼淡然，甚至有一絲愉悅？

「這種事交給下人就好，昨夜妳夠辛苦了。」

樹蔭下，一身月白華服的玉無瑕款步而來，薄唇輕抿微微含笑。

桓意如鼓起腮幫子，一臉埋怨地瞪著他，捶打的勁加大了些。

「這麼大的勁，是想把床單給打爛？」玉無瑕蹲坐在她身旁的石凳上，小心翼翼攤開她發燙發紅的手，「不對，手倒是先折騰壞了。」

他俯下身捧起她的雙手，輕輕朝手心吹了一口氣，一絲溫熱的酥麻感從鑽入肌膚，繚亂她原本緊繃的心房。

桓意如連忙縮回雙手，臉比被搓破的手還紅了。

「剩下的我來幫妳洗。」玉無瑕突然將她抱到腿上，奪過她手裡的棒槌。

「不……不用……」桓意如想抽身站起，又被一手緊摁在懷裡。

他洗就洗吧，抱著她幹嘛？而且十指不沾陽春水的太子殿下，大概連皂莢是什麼都不知道吧？

果然，玉無瑕指著水面漂著的綠色粉末，問道：「這是什麼？」

「皂莢，用來清洗的。」

「用這個就能洗乾淨？」玉無瑕一手環著桓意如，另一只有模有樣地捶打床單，長臂無意蹭到她的腋窩下，使得桓意如打了個激靈。

玉無瑕注意到她的小動作，伸手揉揉她的腋窩。

「不要……好癢……」桓意如被逗弄得扭動身體，爆出鈴鐺似的笑聲。

「原來妳怕這個。」玉無瑕丟下棒槌，開始撓起她的敏感點，癢得她拚命閃躲，最後只能氣喘吁吁地癱在他懷裡。

此時此刻，兩人的身軀緊緊貼在一起，空氣瀰漫著皂莢的清香，耳畔還有彼此的心跳。

他的臉離她如此近，近得能看見肌膚的紋理，那般地完美無瑕。

無瑕，她心頭蹦出這個詞，甚至還喊出了口。

他的眼瞳在一瞬間微微閃爍，亮如天邊繁星，抬起濕潤的手摟住她的細頸。

然後深深吻住了她。

她下意識地闔上眼皮，享受那溫柔似水的吻。

沉迷、深陷、毫不自知……

四周寧靜地只餘下纏綿的呼吸，直到身後沙啞的輕咳聲響起，打斷了這旖旎如夢的吻。

「咳，太子殿下，有要事……」

玉無瑕眼底生出冷意，站起將桓意如擋在身後，厲聲道：「李總管，有何要事？」

李總管瞥了瞥桓意如：「此地不方便，能否換個地方再說。」

玉無瑕看向桓意如，揶揄地一笑：「清洗的活不要再幹了，要是這樣，妳豈不是天天得洗？」

桓意如怔了怔，想通他的意思後，氣呼呼地瞪著他。

可惡，他居然想天天跟自己……

「回房等我回來。」玉無瑕湊到她耳邊低語，清冽的呼吸噴得她微微紅臉，跟隨李總管離開。

走了幾步後，李莫非見四下無人，沉聲道：「太子，皇上下了聖旨，讓您早些回京師。」

「只是此事而已，為何搞得如此神祕？」

「當然不是。小人只是勸太子，切莫沉迷於美色，不要忘記有婚約在身。」

玉無瑕擰緊眉頭：「婚約？我何時有過？」

「太子真是貴人多忘事，左丞相之嫡女左嫻儀，相貌才品都配得上太子，可是皇上親自許下的親事。而且左丞相在朝中勢力極大，太子應當將他拉攏進來。」

玉無瑕想了想確有其事，不過是當初父皇隨口說的一句，他完全沒有當一回事。他只見過那左嫺儀一面，長什麼模樣都記不清了。

玉無瑕冷冷地篤定道：「我不會娶她。」

李莫非滿臉驚愕，拉著玉無瑕道：「為何不娶？您得鞏固地位啊，底下多少人覬覦您的位置。」

「我不必靠這種手段，以後不要再提此事。」玉無瑕不耐揮開衣袖，甩開李總管決然地離開。

李總管還保持著拉著他的姿勢，好一會後，哈哈笑出聲：「顧懷瑾啊顧懷瑾，想當皇帝的多的是，別以為除了仰仗你，我就沒辦法了！」

當晚，桓意如將隔間的房門鎖上，才安安心心地躺到床上。

可她闔上眼安睡後，隱約聽見窸窸窣窣的褪衣聲，緊接著一具火熱的身體鑽進被褥裡。

她嚇得不清，縮進床角用腳猛踢身後那人，被一隻修長的手擒住小腿。

「是我。」他聲音似在安撫，輕輕柔柔的。

「我知道是你，不准碰我！」她激動地喊著，另一隻亂蹬想把他踢下床，結果還是被他擒住，強勢地拽進寬厚的懷抱中。

玉無瑕將她困在臂彎裡，臉貼著她的頸項，吻著少女的芳香，嘴裡呢喃道：「別害怕，我不會吃妳，只是沒妳在旁邊害我睡不著覺，妳要怎麼賠我？」

昨晚她都被「吃」成那樣了，他還一副受了委屈的模樣！

「陪我睡一覺，就一筆勾銷。」

「真不知道為什麼，那麼大的床不要，偏偏喜歡跟我擠小的……」

玉無瑕低低笑出聲，突然將她攬了起來，大步朝寬敞的臥房走去。

「你又要做什麼……」

玉無瑕將驚愕的桓意如丟在寬大柔軟的床上，伸手攔截她爬下床的舉動，重重將她壓在身下：「妳說得不錯，床大施展得開些……」

第十章　傾心

被壓下的桓意如含嗔帶怒，粉拳不疼不癢的，像雨滴似地捶打他，被他反手扣住手腕。

玉無瑕一口吹滅蠟燭，給她蓋好被褥：「緊張什麼，說了是睡覺而已。」

桓意如眨眨眼皮，一臉不可置信。

玉無瑕躺在她身側，長臂環住她腰身，輕拍她繃緊的背脊，像哄孩子似的：「母妃在我幼年哭鬧時，常這般哄我。」

她依偎的胸膛火熱著，耳畔的心跳平緩如細流，使得躁動的情緒鬆懈下來。

這是人偶時的玉無瑕從未給她的感受，證實他活生生地在她身邊。

究竟是何種緣故使後來的他變成人偶，還做了那些匪夷所思的惡事？

桓意如自幼在苗疆長大，對中原之事不甚瞭解，曾在遊歷四方尋找師父時，聽聞過前太子賢能淑德，被二皇子篡位得權的舊事。當時她只當茶餘飯後的話題聽聽，想不到會發生在她身邊。

那未來的玉無瑕將她送來的目的是……

「在想什麼，這麼出神？」玉無瑕用指尖點點她粉嫩的臉頰，打斷她跳躍的思緒。

桓意如看向那溫柔似水的面容，內心生出鈍痛。他到底經歷了什麼，變成後來似人非鬼的模樣？

玉無瑕撫順她睡亂的青絲：「明日我得回京城，妳願意跟我去嗎？」

其實即使她百般不願，他也會將她綁去。

桓意如連忙點點頭，像隻怕跟丟的小動物。

她不願離開他身邊的原因，是不希望以後的篡位奪權發生，或許能盡綿薄之力改變他的命運。

大概是桓意如追隨的小心思感染了他，玉無瑕淡色的薄唇微微彎起，抬起她圓潤的下頜印上一吻。

那吻如同點燃火藥的星火，把夜燃燒得蒸騰的沸水，撲面而來一股洶洶的欲望。

經過昨夜在少女胴體的探索，他已弄清她敏感點在何處，撫摸兩團挺立的胸脯。

她的雙乳有著尚未熟透的青澀，再加上曾被把玩過一夜，輕輕一碰就能激起微微戰慄。

他撩起她的上身褻衣，隔著紅肚兜輕咬乳頭，手蜿蜒而下伸進褻褲裡，撥弄腿間的幽谷花蕊。

「你不是說睡覺嗎……」桓意如咬緊牙關，拚命抑制被引發的快感。

「我沒說睡覺前不能做點別的。」玉無瑕壞笑著咬下她的肚兜，翻過身將她壓在下面。

他整個人緊貼著她，披散的髮絲從肩頭垂下，撩得她的肌膚微癢。

褻褲被強勢地脫下了來，腿心被某根棍物摩擦，戳得她難受。

被壓在身下衣衫半解的她，露出兩峰雪乳與三角幽谷，猶抱琵琶半遮面般最為誘惑。

玉無瑕不禁深深吐了口氣，找了個高枕墊在她臀下，使陰戶正對著自己，將她的細腿扛在寬肩，扶著肉棒對準兩股間肉縫，猛地撞了進去。

「啊……」她仰起頭叫出聲，彷彿有根刀刃長驅直入，下體被貫穿撐破。

他兩手箍著她的腰部，粗長的肉棒一下下往裡挺動，深深淺淺在她體內進出。

那根肉棒抽插的節奏極快，不同於昨夜的莽撞，掌握了控制情欲的要訣，很快把快感傳給了她。

桓意如感覺下體被磨得癢癢麻麻，一股情欲的火熱在腹中囤積，只需微微抬頭一看，就能瞧見深色的粗棒，在長開的雙腿間鑽進鑽出，扁平的腹部被撐出粗棍的輪廓。

「嗯嗯……要壞了……太大了……慢一點……」

她的小嘴溢出纏綿的呻吟，在男人聽來，更似催情的藥水。

玉無瑕更猛烈抽插，攪得穴口的淫水飛濺，噴在兩人交合的部位。

蓄積了一個時辰的白色濁液，在桓意如被玩弄得昏迷之後，終於灌滿她小小的子宮。

玉無瑕良久從穴內抽出肉棒，趁濁液流出前用玉石堵住洞口，然後吻了吻她沾滿汗水的額頭。

把自己的東西留在她體內的感覺，他實在愛極了……

隔日啟程前，桓意如才得知，這裡只是玉無瑕位於花都的別苑，真正的太子府在京城。

她被玉無瑕牽上馬車，目光仍在大門外流連，心想著離這口井越遠，離開的機會也越渺茫了。

京城離花都需一日的行程，馬車進城門時黑壓壓的人流圍了過來，但好似心存敬畏什麼一般，只敢隔著十步之外的距離瞻望。

「太子真的在那裡嗎？」

「小道消息不會有錯吧，這馬車也像達官貴人的車。」

「那真是太好了，太子終於回京了！」

「哈哈哈，瞧妳的花痴樣。」

「哼，妳不也一樣……」

桓意如聽到車外的喧譁聲，好奇的撩開車窗的金紋縐紗一看，見一個個花枝招展的女子圍在路邊。

她們亭亭玉立地翹著蘭花指，滿是期待地盯著揭開的車窗，瞧見裡頭是一名螓首蛾眉的少女，紛紛露出驚愕的神情。

「這女人是誰啊？不是說太子在裡面嗎？」

「莫非她是太子的女人？」

「不是吧……」

少女們的芳心碎了一地。

「好吵，這群女人就跟烏鴉一樣。」桓意如放下車簾，瞥了瞥身側的男人。

他也正含笑著側頭看來，狹長的眉眼彎成了月牙。

「她們說的一點也沒錯。」

「嗯？」

桓意如還未琢磨出他的意思，馬車就停了下來。

「這麼快就到了？」她剛想撩開車帷看看外頭，雙眼突然被一條布遮住了。

「先帶妳去個地方。」玉無瑕攬著她跳下馬車，步履輕盈地橫抱起她飛奔。

一路上都是顛簸著的，又看不清眼前畫面，桓意如不禁有些被嚇到了，緊摟著玉無瑕的肩膀，害怕一個不穩被甩了下來。

失去了視覺，嗅覺變得格外靈敏——花香與泥土的芬芳，淡淡地充斥在她的鼻間。

他猝然停了下來，扯下她眼皮上的布條，「意如，睜開眼看看。」

桓意如逆著春日的霞光，看清眼前一幕，深深地吸了口氣。

一眼望去盡是花海，萬紫千紅灑落腳底，紛紛彩蝶縈繞在身側，花瓣被清風的素手拂起，微微散出沁人芬芳。

「會不會冷？」玉無瑕輕聲問道。

見他要解開身上的外袍，桓意如怕他也冷著了，趕緊拉住他的手阻止：「不用，我不冷的。」

此處的風真的有點大，她的聲音都有點抖了。

「傻瓜，妳還記得我以前說的話？」玉無瑕並未脫下外袍，而是解開衣扣裹住了她。

桓意如想了想，玉無瑕指的莫非是那夜在井邊被抓包，他冰冷冷地提醒不要再讓他脫第三次？

「不記得了。」她搖搖頭呢喃道，頭窩在他寬厚的臂彎裡，欣賞著這片花海。

好美，而身邊的人更美。

他濃密的長睫微微扇動，玉潤的容顏倘佯著柔光，貼著她溫柔耳語：「喜歡的話，我們日後常來。」

她輕輕應了聲，沉溺在他給予的無限柔情。

「大哥，你回來了！」

清越的呼叫打破了溫存的氛氣，那人嗓音十分耳熟，又有股說不出的不同。

桓意如從外袍裡探出頭，發現一個俊美的錦服少年站在五十步外。

顧言惜，也就是十六年前的師父，此時年齡與她相仿，彷彿尚未雕琢的寶石，風華初露。

「大哥，你身邊這位是？」顧言惜笑盈盈地看著他們，見著桓意如的面容也有些愣怔。是錯覺嗎，總覺得那個女子有點眼熟……

玉無瑕察覺到懷中之人繃緊了身子，視線緊盯著自己的四弟，他眼眸的暖流驟然凍結，環著腰身的手臂加大力道，外袍一掀，遮住了她的視線。

「她，是我的女人。」

顧言惜打小就對大哥十分敬仰，初次見到他身邊有女人，難免對那名女子有些好奇。剛想多看她一眼，玉無瑕已將她擋在身後，

「言惜怎麼也在忘憂坡？」玉無瑕看向顧言惜展顏微笑，就如往昔他對人一般。

彷彿方才他周身滲出的冷意，只是顧言惜的錯覺。

「外頭的人傳言你今日回京，我原本想在城門接你，可晚到了一步。在京城裡找來找去，剛好看見山坡下你的馬車，馬夫說你在忘憂坡，我就趕來了。」

玉無瑕溫柔地笑道：「四個兄弟裡，果然只有你與我關係最為親密，竟然特地跑來探望。」

顧言惜訕笑道：「其他三個皇兄都有要事，我平時無所事事慣了。」

「忘憂坡風大易涼，言惜你自幼身子不好，早些回去吧。」

玉無瑕的話親和溫煦，在外人聽來是關切之意，實則驅趕意味濃厚。

顧言惜乖乖地應了聲，走了幾步，又回頭道：「過三日就是大哥生辰，我特地準備了一份禮物，希望到時候大哥能喜歡。」

玉無瑕頷首道：「四弟有這份心意就行。」

顧言惜撓撓後腦勺，好似被誇獎了一番，帶著少年的靦腆羞赧，腳步輕快地奔下山坡。

離開前他還下意識回過頭，看了眼玉無瑕身後的桓意如。

桓意如從外袍露出臉來，遙看他離去的身影，心底五味雜陳。

玉無瑕果然是師父的兄長，那麼崇武帝就是奪位的二皇子了？他到底有何能耐扳倒得了當今太子？

「他都走了，妳還盯著幹什麼？」

玉無瑕的聲音不同於往日溫潤，不知為何刺得她耳膜生疼。

桓意如打了個寒顫，左顧右盼道：「山坡上的風真的滿大，我覺得冷了，我們回去吧。」

她有股極不好的預感，連忙從玉無瑕懷裡抽身，疾步向山坡下飛奔。

可沒跑幾步，袖子被拽住了。

玉無瑕從背後將她摟緊，翻身壓倒在花海中，手臂還擱在她腦後，以防她的頭撞到地面。

「天還亮著呢，不必急著回去。」他伏在她身上低語道，聲音帶著性感的沙啞，使得她心臟跳得更快了幾分。

「可有些冷……」她語無倫次的說道。

「很快就不冷了。」他解開她的衣襟，漸漸不耐煩起來，手下力度大了起來，直接撕下她的上衣。

碎布一片片散落，如飄落而下的花瓣。

玉無瑕畢竟是喜潔的，不想她的胴體沾到一點腌臢，將她強制性地翻過身，趴跪在自己跟前。

桓意如雙手捏緊綠色的灌木，聽見身後布料的撕裂聲，下體頓時鑽入一股冰冷。接近著，一根灼熱貼近股縫間，勢不可擋地往某個祕洞擠入。

她承受著下體被塞滿的刺激，輕輕喘息出聲，腳趾在戰慄中蜷曲。

玉無瑕把玩著她渾圓的雙乳，下身像征伐似地撞擊著她。

柔軟與堅硬劇烈摩擦，交織出難以言喻的快感，一下下的撞擊，每次都頂在最深處。

洞口的蜜汁從兩人交合處流出，沿著白皙的腿縫滴落在雜草上，凝結出晶瑩剔透的露水。

「嗯哈……太快了……好脹……」桓意如像求饒似的，溢出低柔的喘息。

但他怎麼可能放過她，必須把剛才那股莫名的妒意，完完全全發洩在她身上。

經過二個時辰後，日落西山，他終於爆發在她體內，將她翻轉回身，親吻她的酥乳。

「我說過不會冷吧，妳看妳身子熱成這樣。」

桓意如癱在他懷裡，看著地下一片碎布，懊惱地道：「衣服都沒了，要我怎麼回去？」

「怎麼來，就怎麼回去。」他用外袍將她嚴嚴實實地裹起，抱起她朝山坡下的馬車走去。

桓意如最後瞟了眼暮靄下的海花，方才的玉無瑕著實讓她害怕，就算這個地方再美，她也不想再來了……

自回京城的太子府後，玉無瑕開始早出晚歸，忙於朝政。可每每到了深夜，桓意如仍被他壓在身下，與之纏綿雲雨。

纏綿後他輕拍著哄她入眠，素銀的月光透過紗窗，映得他眼瞳清亮如霜。

這幾日玉無瑕心情不豫，桓意如感覺得到。她不好直截了當地問，只能偷偷在府裡打探。

原來玉無瑕貴為太子，無論相貌才能，在眾皇子中最為突出，可御景帝偏偏不怎麼待見他，反而最疼愛最小的顧言惜。他曾三番兩次說要重立太子，在老臣們苦心勸說下才放棄實行。

近日，太子太傅李晉被控謀反之罪，玉無瑕火速回京才保住他的性命。李晉是玉無瑕的左膀右臂，可見朝中有人想削弱他的勢力。尤其是其他兩位皇子，二皇子顧無封與三皇子顧簡辭關係密切，時常明裡暗裡打壓玉無瑕。

桓意如的身分只是尋常女子，如今不能出面幫他什麼，只知道明日便是他的生辰，至少得送件禮物聊以安慰。

她最擅長的就是做偶，捏著木刻刀思前想後，最終照著十六年後玉無瑕的模樣，雕了出一隻十寸高的人偶，每一筆都費勁了她的心力。

每逢皇子過生辰時，文武百官都會趕來賀壽，特別太子的尤為隆重。當日太子府張燈結綵，裡裡外外都被李總管張羅妥當，而玉無瑕卻從不過問。

桓意如也得隨同而去，不得不找了塊面紗遮臉，畢竟她不是這個時代的人，不想留下任何痕跡。

玉無瑕見她蒙著面容，臉色微沉：「不必如此，我會給妳該有的名分。」

桓意如撫上面紗，搖搖頭道：「我只是不喜歡在人多的地方露面。」

「可妳早晚得見人。」玉無瑕俯身湊到她面前，臂膀圈著她柔聲道。

桓意如微微一愣，他是想封她為妃嗎？可她不願永遠留在這裡。

玉無瑕蜻蜓點水地吻吻她的面頰，牽住她的手走向後花園。大臣和皇子在位等候著太子，見他帶著個蒙面少女入內，無不驚訝地面面相覷。

丞相旁邊一名貌美女子，自玉無瑕踏進後花園後，視線就沒從他身上挪開過，見到桓意如時，眼中閃過陰毒。

大概是她目光太過熾熱，桓意如也注意到了這名女子，看清她的面容後大為吃驚。

她不正是被玉無瑕害死後，做出花奴傀儡的瀾夫人？

此時的二皇子顧無封恰為弱冠之年，渾身充斥著陰鷙之氣，見玉無瑕牽了個身材窈窕的少女，淫邪地上下打量她一番後，又側頭對一旁倒酒水的婢女動手動腳。

他旁邊的三皇子顧簡辭一身肥肉，滿嘴附和顧無封對女人的品頭論足，像個毫無主見的跟屁蟲。

桓意如對這兩人很是厭惡，剛要別過眼時，瞥見角落有一道熟悉的身影。

顧言惜閒散地端起酒杯啜飲，似乎察覺到桓意如的目光，抬首對她莞爾一笑。

握住桓意如的手徒然拉緊，她連忙收起視線，跟隨玉無瑕上了坐席。

對於太子帶來的神祕女子，眾人雖非常好奇卻無人敢過問，紛紛殷勤地送上賀禮。金銀玉器多不勝數，玉無瑕只是看了一眼，便淡然地派人收下。輪到左丞相進獻賀禮時，卻由坐在他身側的少女親自獻上。

左丞相捋捋長鬚，笑道：「這是我的小女左嫻儀，年方二八尚在閨閣，太子殿下覺得如何？」

玉無瑕岔開話題道：「丞相這份大禮費心了。李總管，將賀禮收下吧。」

李總管裝聾作啞似的，故意一動也不動。

左嫻儀捧著賀禮朝玉無瑕輕移蓮步，妙目飽含著挑逗之意，卻在五十步之外被玉無瑕喝止。

「夠了，放下賀禮，退下！」

左嫻儀不知所措地停下腳步，視線從玉無瑕移向桓意如，撇撇嘴將賀禮重重摔在地，啜泣著奔回左丞相身邊。

左丞相輕聲哄著愛女，滿是羞怒瞪著玉無瑕。而李總管撿起地上的賀禮，低垂著頭輕嗤一聲。

顧言惜只得先送上賀禮，化解這尷尬的局面。他送的是西域的花種睡火蓮，一年只開七日花，凋謝時花蕊才張開，品種極為珍貴。

玉無瑕愛花惜草，對睡蓮極為喜愛，溫和地點頭收下。

「皇兄，我跟四弟一同送份禮物，你一定會很喜歡！」顧無封故作謙虛地起身拱手道。

顧簡辭從懷中掏出個小木盒，短粗的手指挑開盒子的銀扣，取出一條綁著紅繩的黑玉。這枚黑玉除了成色深如烏墨，手工跟普通玉飾毫無差別。

顧無封奪過顧簡辭手裡的玉，得意洋洋地拿在手裡把玩：「墨弦玉，皇兄還記得此物嗎？」

文武百官大驚失色，私底下討論起來。

「此乃不祥之物啊……」

玉無瑕的面色古井無波，可桓意如卻親眼瞧見，桌案在他手下裂出一道縫。

「傳聞，墨弦玉是一位高人以百具屍骨煉製的，百隻鬼魂被鎖在玉內，可是專門用來害人鎖魂的利器，送給皇兄定有用武之地。」

李總管大聲道：「這害人的東西，二皇子還是自己留著吧。」

「收下。」玉無瑕冷冷地答腔，恍若無事地執起酒杯抿了口。

顧無封將墨弦玉拋到李總管懷裡，似乎對沒氣到玉無瑕不甚滿意。

接下來的夜宴極為順利，玉無瑕喝了一壺烈酒，臉色未染上一點紅痕。待夜宴結束後回了臥房，在搖曳的橙黃燭光之下，他的醉意才見了分明。

火光被清風吹得微微跳躍，彷彿風再大些就瞬間熄滅。

他低垂的面容在光下忽明忽暗，盯著手心橫躺的一枚黑玉，黑扇似的長睫投落無邊陰影。

桓意如從櫥櫃裡取出藏好的人偶，貓步似地走到屏風後，用一根木頭跟人偶做起了表演。

「小相公，為何悶悶不樂啊，能不能告訴奴家？」她擺動幾下木頭，尖聲尖氣說道。

「哼，走開，不用妳管！」她粗著嗓音出聲，操控人偶做出扭頭叉腰的姿勢，唯妙唯肖。

「哎呀，不要走啊小相公，有不開心的事就說出來嘛！」

木頭死皮賴臉地追著小人偶跑，然後一頭撞到小人偶的背上。

小人偶回過頭，板著臉輕哼道：「我告訴妳的話，妳要拿什麼報答我？」

後面說的連她自己都編不下去，信口胡謅道：「香吻一個，怎麼樣？」

「好，一言為定。」

等等，後面這句不是她說的。

一雙修長的手臂從身後撈起她，捉住她懸在空中的木頭，然後操控木頭在人偶唇上親了下。

她驚愕地扭過頭一看，見玉無瑕含笑凝視著自己。

他的眼瞳亮如星河，迷離得令人深陷其中。

桓意如徹底知道，挖坑自己跳是什麼感受了。

她在小人偶印上一吻，說道：「這樣可以嗎？」

「這是哪來的娃娃？這麼醜。」玉無瑕將小人偶丟在一邊，話語透著寒意，

第一次有人嫌她做的人偶難看，桓意如傷心極了，皺起秀氣的眉頭瞪著他。

他的玉指點上她的朱唇，曖昧地低聲道：「妳知道我指的是什麼。」

「唔……」她猶猶豫豫地靠近，閉上眼在薄唇上吻了吻，紅著臉迅速分開。

雖然兩人肌膚相親了不少回，這次卻是她初次主動吻他。

玉無瑕輕輕扇動幾下睫毛，眼底彷彿被燭光映亮了。

他斂起狹長的眼，揶揄地笑：「妳是故意的吧，沒吻對地方。」

「不是嘴唇嗎，我哪裡沒吻對……」

那柔軟的觸感不是嘴唇是什麼？她有些糊塗了。

「再來一次。」

桓意如輕哼一聲，撞也似吻向他的唇，在雙唇碰上的那一刻，被他的雙臂緊緊箍住，再也逃不開了。

他撬開她的齒縫長驅直入，侵略似地擒住丁香小舌，品嘗少女清甜的滋味。唇齒間盡是他淡淡的酒香，她緊繃的身子一點點軟化，喘息著癱在他懷中。

他沒醉，她倒醉了，不知身在何處……

不知過了多久，他才放開她的唇，摩挲她泛起桃紅的臉，輕柔且愛憐。

「今日不只是我的生辰，也是我母妃的忌日。」玉無瑕攤開手掌心的墨弦玉，徐徐述說道，「這玉是她的遺物。在我六歲那年，父皇懷疑我不是他親生，要將我拖出去杖刑時，我母妃為保我的性命，一頭撞上石柱以死表明清白。」

桓意如驚醒般地抬頭看他，輕啟朱唇想說些安慰的話，卻怎麼都開不了口。

才六歲就親眼見母親為他而死，對誰來說都是一道沉重的陰影。

「要去祭拜她的墳墓嗎？」她小心翼翼地問道。

「不用，她的遺願就是將骨灰撒在故土，隨風灑落每塊土地。」

桓意如乖巧地點點頭，回抱這個剛毅的男人，靜靜聽著彼此的呼吸，心意卻在這一刻明朗起來。

她的心時刻被他牽絆著，為他憂傷而憂傷，為他喜悅而喜悅。

也許她一生註定與他糾纏在一起，就連喜歡上他也是命中註定的事。

「無瑕……」她深情地呼喚他，吻像雨滴打在他的薄唇上，明澈的眸子映著他錯愕的臉。

他一動不動地任她親吻，良久嘆息道：「妳口中的無瑕是誰？」

「傻瓜，就是你啊。」

以前他總是笑她傻，這次終於輪到她說了。

她的唇順著他的嘴角滑到頸項，一顆顆解開下面煩人的衣釦，露出男人精壯結實的胸膛。

她撫摸他胸膛每一寸肌膚，柔軟的唇印在一顆紅豆上，然後笑咪咪地抬眼瞧他：「你下面頂到我了。」

此時的他，面上毫無變化，唯一能感知他情動的是，在她的臀瓣杵著的那根粗熱硬物。

她抬手伸向了那根巨物，隔著布料挑弄著……

以往她總被他弄得銷魂欲死，今夜她想看他迷醉在她身下的模樣……

第十一章　不眠不休

將男人推倒在床後，她慵懶地騎坐在他的腿根上，媚眼如絲地解開他的腰帶，輕啟朱唇吐出魅惑的字眼：「小相公，今晚你是奴家的了……」

等順利把他扒光，粗長的巨物彈了起來，肉棒的筋脈突起，那灼熱彷彿能穿透肌膚，使她的臉也滾燙不已，偽裝的媚態瞬間破功。

再抬頭，就見玉無瑕在昏暗的燭光下看著她，即使沒說話也感受到嘲弄意味。

她撇撇嘴，握住肉棒的頂端，學春宮圖裡的一幕，舌尖輕舔火熱的笠頭，嘗到淡淡的男性味道。

昂揚在她手裡彷彿更硬了幾分，而他只是抿起嘴唇，眼底卻越發深沉。

這傢伙果然情動了。

她輕喚著他的名字，俐落地褪下衣裳，朝肉棒的頂端坐下，握緊笠頭對準濕濡的花穴，細腰往下一沉。

小穴一寸寸地吞進粗長的男根，彷彿很快就撐到了極限，但還在繼續往裡深入。

「嗯……啊……進去了……太大了……」

她低頭看著兩人交合處，深色的肉棒被小穴全根吃入，一點縫隙都沒有。

如此粗，如此長，頂到了子宮口，脹得她渾身發麻。

她擺動著腰，上下套弄著體內的肉棒，賣力地吞吐著，晶瑩的淫液慢慢附著在男根上。

燭光在夜風中撲朔迷離，他的呼吸變得綿綿細長，欣賞起眼前的景致。

少女曼妙的曲線在空中扭動，肌膚在燭光下瑩潤如雪，玉兔似的雙乳在胸脯跳動，叼著兩顆粉紅的茱萸。

白皙的腿根大張，貪婪地吃著赤紅的大棒子，兩瓣肥嫩的貝肉被殘忍地撐開，在劇烈的抽插間往裡捲入，淫水飛濺在淡黃色的絨毛上，更顯得奢靡淫亂。

他突然來了興致，寬大的手掌一伸，把玩這兩團跳動的酥乳，欣賞她陷入情欲不自知的模樣。

兩人保持女上男下的姿勢，交合了快一個時辰，體內的肉棒還是堅硬的，她漸漸體力不支起來，卻仍倔強地上下挪動著身體，使勁力氣去誘惑身下的男人。

大概是這種姿勢滿足不了他，玉無瑕突地摟住她的細腰，反客為主地把她推倒在床，將她的一根細腿架在肩膀上，滑出的肉棒重新擠進紅腫的水穴，挺動著窄臀猛烈有力地抽插著。

「別……我要在上面……啊啊……嗯啊……」被迫失去主動權的她驚呼後，在一波波的快感下，朱唇溢出嬌滴滴的呻吟。

已到情動最高之處，他哪還有空在意她的話，一下下操弄得更狠，把男根撞進她的蜜穴，將溢出的淫液磨成了白沫，弄髒了雪白的腿間。

半個時辰後，他深深吸了口氣，雙手擒住她的腰部，肉棒在她深處噴出精液，良久才抽出埋在體內的軟根。

桓意如香汗淋漓的喘著粗氣，憋悶地抱怨道：「果然還是這樣了……」

「別失望，還沒結束。」他低頭吮吸她被玩得泛紅的雙乳，吻了吻她的櫻桃小口，肉棒重新硬了起來。

她被翻過了身，臀瓣一翹正對著他，濕乎乎的肉穴再次被塞滿，在一次次操擊下蜜汁橫流，花穴如雨打風吹的嬌花，吐出乳白色的濃精，被粗長的肉棒堵了回去。

兩人不眠不休地做了一夜，在桓意如以為已經結束時，肉棒又一次次堅硬，換了不同的姿勢令她無法招架。

直到她累癱在他懷裡，推著他寬厚的胸膛：「夠了……太久了……」

他輕笑一聲，下體有條不紊地抽插著：「乖，下次讓妳在上面。」

她翻翻白眼，再也不想理他了……

孤零零躺了一夜的小人偶，翌日清晨才被撿起來。

「這是妳親手雕的？」玉無瑕沉聲問道。

昨夜他只是草草看了眼，並未發現人偶雕的是他的模樣。

「你不是嫌它醜嗎，把它還我！」

桓意如簡單地披了件外衣，雙腿發軟地爬起床，衝到他跟前欲奪過小人偶，被他單手扣住兩隻手腕，壓著她推倒在床上。

「妳這樣衣不遮體地撲過來，是在故意勾引我？」他俯下身湊近她的頸項，雙手撫摸身下玲瓏的嬌軀。

桓意如玉白的臉頰浮出一絲紅暈，避無可避地偏過頭。

一身輕薄的白衫隨意披在身上，敞著雙乳間蜿蜒的溝壑，白皙的肌膚種滿一顆顆草莓，底下是兩條均勻細長的腿，腿間的祕密被掩藏在衣裳下。

他將衣裳從衣襬處撩起，露出流著白濁的花穴：「真貪吃，都流出來了。」

「還不是你餵的。」她懊惱地道。

這無意的下流話令他腹下一緊，腿間巨擘重新硬了起來。

「妳果然是在勾引我。」

他極快地褪下剛穿上的褻褲，將她的雙腿分開，使濕漉漉的陰戶朝著自己，肉棒抵在流水的紅腫穴口，下身一挺擠了進去。

「流出來的有點可惜，我再餵妳一次。」

「你大中午還來……啊……嗯……」

她昨晚被塞了一夜的肉棒，陰道被蹂躪得腫了起來，這麼強硬地進來真有點疼。

玉無瑕見她眉頭緊蹙，便放緩速度，每次抽出都帶出點殘留的精液，然後又被肉棒塞了回去。

桓意如聽著床嘎吱作響，還有肉體交合的啪啪聲，雙眼迷離地盯著躺在另一頭的小人偶。

小人偶肖似玉無瑕的臉幽幽地看著她，突然那雙森冷的黑眸眨動了。

桓意如心頭猛地一顫，剛想確認一下是不是錯覺，玉無瑕又將它丟回地上。

「專心一點。」玉無瑕咬著她的雙乳提醒道。

雖說那人偶雕刻得很像他，卻有種說不出的不同，令玉無瑕極不喜歡。

抽插上千下後，灼熱的精液射滿她的花壺，玉無瑕抽出自己後，用一塊冰涼的翡翠堵住她的蜜穴。

「好冷……」桓意如抱怨地說著，每次做完他都喜歡在裡面塞東西。

「下面被餵飽了，那肚子餓不餓？」玉無瑕摸著她平坦的肚子柔聲道。

她早就餓壞了，點頭應了聲。

「要我抱妳出去，還是派人送吃的進來？」他揶揄地笑道。

這傢伙分明欺負她走不了路！

桓意如咬牙切齒地道：「我自己可以走。」

玉無瑕給她一件件穿好衣裳，期間當然少不了親吻撫摸，弄得桓意如又癢又麻。

這時房門被大力敲響，門外有僕人喊道：「太子殿下，左丞相硬闖入府！」

玉無瑕臉色倏地一沉，替她披上最後一件外衫後，安撫道：「在屋裡乖乖待著，我去去就回。」

外頭已經傳來左丞相的喊聲：「裡裡外外搜一遍，不可放過任何角落！」

玉無瑕大步踏出房門，諷刺道：「左丞相貴客大駕光臨，怎麼不事先通知一番，硬闖進府可不是客人之道啊。」

左丞相鞠了一躬，攤手道：「聖上近日身子每況愈下，懷疑是有人施了巫蠱之術，所以派微臣四處巡查。」

玉無瑕冷冷道：「丞相莫非懷疑是我所為？」

「不敢不敢，此事必定與太子無關，但也有可能是太子府上的人幹的。」左丞相朝身後的侍衛努努嘴道，「你們幾個，進太子屋裡查一下。」

玉無瑕以身軀擋在門前，厲聲道：「誰敢進屋，今日必定人頭落地！」

侍衛被他的氣勢所震，面面相覷，無人敢上前。

左丞相輕嗤一聲：「太子何必如此？只是檢查一下而已，這樣反倒引人懷疑了，搞不好……」

「無瑕，就讓他們進來吧。」桓意如從房門探出頭，小聲說道。

她知道他不想侍衛進屋是因為自己，但這房間定沒有他們要找的東西，與其在外面吵吵鬧鬧，不如讓他們進來。

左丞相擰緊粗密的眉峰，心道這卑賤的女人竟敢直呼太子的字！

侍衛見玉無瑕面上有些鬆動，終於鼓起勇氣進屋搜尋，看到地上躺的人偶好奇地撿起來看看。

「丞相大人，小人找到了。」一個侍衛邀功似地大聲喊道，從床底下扯出另一隻人偶。

這只人偶是桓意如從未見過的，身上披著金黃色的龍袍，粗糙的面容模糊了一片，胸口紮著一根根細長的銀針。

左丞相嘴角咧出一絲詭異的笑意，但很快就繃直面孔，直指桓意如道：「謀害聖上證據確鑿，快將這個女人拿下！」

玉無瑕將桓意如護在身後，戾氣森森道：「我的人也敢碰！」

雖然被下了命令，侍從卻無一敢接近桓意如，一臉為難地杵在原地。

左丞相捋著鬍鬚，佯裝為難道：「太子殿下，這女子有極大嫌疑，太子這樣包庇就有點……」

玉無瑕打斷他的話：「這起居室除了我與她，每日都有婢女來收拾房間，也可能是外人混入栽贓嫁禍。試問丞相大人，為什麼一個平民女子會起謀害皇上之心？」

左丞相並沒有回答，只是走到桓意如跟前，面容和藹的一笑，「姑娘，能否將手攤開給我看看？」同時轉頭對玉無瑕道，「太子放心，我不會傷她分毫。」

桓意如不知他打什麼鬼名堂，既然清清白白就無所畏懼，照他的話攤開手掌心。

「嗯……中指生有厚繭，姑娘常使刻刀對不對？」左丞相打量桓意如的手掌後，指著她所雕的小人偶問她，「這個人偶是妳做的嗎？」

「是。」桓意如如實回答，很快話鋒一轉，「但另一隻不是……」

「姑娘既是人偶師，做了一隻就不能做第二隻？恰好兩隻都在太子臥房，也就是說整個太子府內，姑娘便是最大嫌疑人。」

「此事只是丞相的猜測，要給出憑證才能證明是她所為。」

左丞相朝侍從命令道：「要證據是嗎？那就給太子殿下看看！」

一盞茶功夫後，一個濃眉大眼的婢女被押著進屋，一聲不吭地低頭跪著，撐在地上的手有些顫抖。

桓意如見到這名婢女，神色微微一變。

左丞相直指桓意如，問婢女道：「是不是她向妳要的人偶材料？」

婢女唯唯諾諾地點點頭。

左丞相拿起龍袍人偶遞到她面前，繼續問道：「這只人偶所穿的金黃布料，也是妳提供的？」

「對，是姑娘前些天跟奴婢要的。」

桓意如怒道：「她在說謊，我要的明明只有月白布料。」

玉無瑕大步上前奪過兩隻人偶，捧在手掌上下翻看：「兩隻人偶的木頭是從何而來，你可知叫什麼木材？」

「是我向在城外一個老柴夫要的，他恰好那日砍了一株百年的楠木。」

玉無瑕了然一笑，將龍袍人偶丟在她腳邊，厲聲道：「你好好看看，這個人偶的木材是楠木嗎？」

婢女雙目瞪大地盯著人偶，支支吾吾道：「奴婢……奴婢不懂……」

「妳跟前那隻人偶的木料分明是橡木，而意如用的是楠木。這般險惡用心的信口雌黃，說不定就是妳偷偷藏入床下，以此來陷害意如用巫蠱謀害父皇！」

「奴婢不敢啊……太子殿下……」婢女驚恐地朝地板磕頭。

左丞相彎腰撿起龍袍人偶，訕笑道：「麻煩太子把另一隻給微臣，這巫蠱之案太過嚴重，兩隻人偶非得聖上過目才行。」

玉無瑕斂起墨瞳，輕笑道：「誰知會不會中途被人換了人偶木材，左丞相不必費心，這兩隻人偶我會親手交給父皇。」

「這……」左丞相一副像吞了蒼蠅被噎住的模樣，忍忍怒火甩起衣袖帶著一對人馬離開。

待他們一身狼狽地離開後，桓意如輕嘆了口氣，柳眉低垂地靠在躺椅上，琥珀眸子透著股憂慮之色。

玉無瑕想起她滴米未進，出門找了些糕點回來，輕柔地餵到她嘴邊。

桓意如搖搖頭，喃喃道：「沒胃口……」

「有我在。」他說的幾個字極為簡單，卻帶著安定人心的力量。

「我沒事的。」桓意如擠出一絲笑意，勉強咬了一口，縮進他的懷抱中。

巫蠱之事她淪為眼中釘，她卻一點也不擔心，只害怕自己影響了玉無瑕。

即使如今身分只是平民，她也不想做被庇護的菟絲子……

玉無瑕幫意如蓋好被子，安撫她入睡後掩好房門，獨自行走在幽長的迴廊，朝高聳的房檐吹了聲清越的口哨。

電光火石之間，幾道人影閃到他身後，跪伏在地齊聲道：「太子殿下，你要的人已經帶來了。」

玉無瑕瞥了眼地上的大麻袋，以腳尖狠狠踢了一腳，「把他放出來。」

暗衛道了聲遵命，解開麻布繩子，然後退到百步之外。

李總管喘息著從麻袋滾出，見皎月下玉無瑕發寒的面容，一時愣怔不已：「殿下，您抓我來是為了何事？」

玉無瑕背過身，長嘆道：「我只問你一句，今日巫蠱之事可與你有關？」

李總管一臉正色：「太子在懷疑屬下？我李莫非既然是太子的人，絕不會做出損害太子利益之事。」

「但你對意如太過狠絕，次次想致她於死地……況且你與左丞相關係匪淺，以為我不知情？」

李總管面露窘迫之色，良久問道：「左丞相特別看重殿下，您可明白其中原因？」

見玉無瑕默不作聲，李總管繼續道：「因為他的愛女左嫻儀太過痴迷於您，左丞相又十分疼愛這個嫡女，希望您日後繼承皇位，能立她為皇后。左嫻儀極為善妒，見不得您身邊有任何女人，所以左丞相命我清除您身邊所有女子。」

玉無瑕厭惡地擰緊眉頭，「這女人我只見過兩面，連長相都記不清楚。」

「其實殿下您遇過她好幾次，可惜落花有意流水無情，她想盡辦法在您身邊出現，可您從未留意過她。」

「若是能剷除左丞相這股勢力，如此狠毒的女子也不能留下，你的命也是如此。」玉無瑕捏得指骨咯咯作響，清冷的眸子瞪向李總管，朝遠處的暗衛抬起長袂道，「拿下李莫非，活埋亂葬崗！」

李總管嚇出一身冷汗：「殿下，您是在開玩笑吧……」

太子對人素來謙和良善，何曾見過他用過狠辣手段？如今，只為了一個女人，就要對他痛下殺手？

暗衛扣住了李總管的手，將麻布袋重新套進他的身軀。李總管在麻袋中不斷掙扎，憤怒中吐出惡毒話語：「你這個不愛江山愛美人的懦夫！早晚會被三皇子他們害死！我做鬼也不會放過你！」

玉無瑕輕笑道：「那你在陰曹地府等著吧，看誰命更長。」

其實李總管不知道，玉無瑕本就是心狠手辣之人，只是無人觸及那條線而已。

為了某個心尖之人，他必須掃除一切障礙。

待玉無瑕處理完李總管，悄然回到臥房時，發現桓意如眼還是睜的，柔聲問道：「睡不著嗎？」

桓意如點點頭，習慣性地翻開被褥，叫他也進來躺下。

玉無瑕鑽進被窩摟緊她，薄唇綻開笑意：「果然，沒我就睡不好吧？」

桓意如輕輕捶他：「沒見過這麼自戀的人。」

「我實話實話而已，不是嗎？」玉無瑕翻到她身上，一手解開褻衣的衣襟，一手撓著她的腋窩，「既然妳睡不著，那我們來做點愛做的事。」

「別碰那，好癢啊哈哈……」她抑制不住地笑出聲，在玉無瑕身下掙扎著扭動，很快衣裳被一件件褪了下來。

他掰開她的雙腿架在肩膀上，摸索著找到她的穴口，堅硬的肉棒擠了進去，雙手擒住她的細腰，撞擊的力度一點點加重。

起起伏伏的紅鸞衾被，兩具赤裸的身體交合在一起，小包子似的臀瓣插著根赤紅的粗棒，被撐出一個圓形的紅腫肉洞。粗棒像天生就長在那裡一般，極快地在蜜穴裡抽進插出，撞擊出肉體淫穢的啪啪聲。

她抱緊他火熱的身軀，忘情地呼出甜膩的呻吟，彷彿世間只剩下這個男人，將身子完全交付給他……

不知出於何種原因，御景帝回絕了玉無瑕的拜見。玉無瑕只得留下兩隻人偶，叫徐公公捎了些話回去。

等了一炷香，徐公公傳來御景帝的意思，要面見造偶師。

皇令如山說一不二，桓意如火速被帶往皇宮，見到玉無瑕時還甚是茫然。

玉無瑕執起她的手，低聲叮囑道：「待會見了我父皇不要緊張，告訴他實情就好。」

桓意如點點頭，笑了笑：「不用擔心我。」

在徐公公眼裡這畫面甜得刺眼，輕咳一聲打斷兩人對話：「別讓聖上久等了，姑娘趕緊進殿吧。」

「我在殿外等妳。」玉無瑕吻了吻手心才緩緩鬆開，凝視著她走進毓淑殿。

毓淑殿是歷來皇帝單獨面見大臣之地，像桓意如這種平民女子進殿屬實罕見，路過的奴才無不偷偷打量她。

掛在雕柱的白玉珠簾後方，端坐著一道明黃的人影，頭上戴束髮鏤空紫金冠，四四方方的臉稜角分明。雖兩鬢已然斑白，一身龍袍披在魁梧的身段，越發顯得龍章鳳姿。

御景帝聽到殿前的腳步聲，粗長的峰眉一挑，「這女子就是人偶師？」

桓意如跪下行禮，朗聲道：「正是草民。」

御景帝從書桌撿起小人偶問是不是她雕的，桓意如大方地承認了；指著另一隻龍袍人偶問時，她連連搖頭。

「妳要如何證明另一隻不是妳所雕？」

「我雕不出這麼醜的人偶。」

桓意如的語氣帶了點委屈，如同被侮辱了一名出色人偶師的尊嚴，這種小彆扭不禁逗樂了御景帝。

「哈哈，妳這丫頭有點意思。朕很喜歡妳的手藝，今日請妳來就是想讓妳替朕造一隻人偶。」

御景帝揮揮衣袖示意那些奴才退下，扶著椅子起身，蹣跚地走到書櫃前打開暗鎖，從裡面取出一個錦盒。

錦盒裡放著一卷畫軸，他小心翼翼地將其展開，目光繾綣地深深看了眼，再走到桓意如身邊：「妳能不能造出跟這個人一樣的人偶？」

桓意如抬頭瞧向那張畫卷，一時愣怔地說不出話。

畫卷紙張顏色有些泛黃，說明已經有些歲月了。畫中場景在杏花紛飛下的小溪流，一名絕色的少女彎著柳腰洗梳青絲，一舉一動鮮活得盡態極妍。

令桓意如震驚的是，少女的相貌與玉無瑕有七八分相似。

她憶起十六年後，瀾夫人也曾拿過一張畫卷，要自己做同樣的事。雖然桓意如成功造出玉無瑕的人偶，圓了瀾夫人年輕時的一場夙願，最後她卻得到了魂魄被吞噬、屍體被製成傀儡的結局。

即使玉無瑕的魂還是一樣的魂，在某些意義上也已然不同了。

「皇上，您真的想造跟她一模一樣的人偶？」桓意如重複他的話問道。

御景帝視若珍寶般收起畫卷，滿臉煞氣的問道：「正是。妳能做到嗎？」

桓意如搖搖頭：「請皇上恕罪，我辦不到。」

御景帝捏緊拳頭，捏得咯咯作響，「果然又是個沒用的廢物！」

「皇上，我並非能力不及，而是做到一模一樣是完全不可能的。雖然人偶會與畫中的少女一模一樣，她卻不是皇上想要的那人了。」

聽了她的話，御景帝笑了一聲，眼眶濕潤起來，頹然地坐回椅子上：「妳也是來氣我的嗎，真是……」

桓意如低下頭道：「草民不敢。」

「妳也該猜出此人的身分了吧？」

「草民只看了這畫一眼，回去便忘了。」

御景帝輕哼一聲：「還算有點聰明，既然妳看過就忘，那畫中的故事妳且聽聽，聽過就一起忘了吧……」

御景帝年少時驍勇好戰，中年後小腿上的頑疾，就是在戰場落下的。

他大部分時間都在軍營中，大臣送上的美人他毫無興趣，一心只想併吞周邊列國，因此屆而立之年卻尚無子嗣。

國土一年年擴大，他的野心也越發膨脹，苗頭指向北邊的曇幽國。

傳聞曇幽國地域狹小，人口也稀少，卻擅長巫蠱之術，能在戰場上使士兵起死回生，即使被割了頭顱仍能繼續廝殺。一個不死的士兵可敵百人兵馬，怎麼能不使其他大國聞風喪膽？

偏偏御景帝喜歡明知山有虎，偏向虎山行，先偽裝成貨商混入曇幽國，再偷偷打探起死回生之術的由來。

當年，恰好遇上曇幽國十年一度的祭司大典。

祭司儀式是在都城百丈高的望月台，巫女獨舞來招喚八方鬼神，以獲得鬼神賜予起死回生之力。歷代傳承的巫女非得公主出身，而且必須終生保持貞潔，否則將失去巫蠱之能。

絕美的巫女在月下的一舞，使長年無欲的御景帝初次動了心思。他派十萬人兵馬圍攻邊界，自己仍潛伏在曇幽國內伺機而動。

待曇幽國不敵突如其來的偷襲時，巫女師孌沁為保國土安泰，在望月臺布下復生之術。期間御景帝花重金買通了守衛，早已躲藏在望月臺之中，待師孌沁現身時將她綁走。後續未防形跡敗露，還在途中強行占有了她。

師孌沁憑空消失後民心大亂，抵擋的軍隊失去鬥志，很快被御景帝的軍隊攻破城池，數日之後都城一舉淪陷。曇幽國的子民失去國家的庇護，只能被迫流亡遷移。

毀滅了曇幽國後，御景帝帶著師孌沁回了京師。雖知她是極大禍害，卻不傷其分毫，還封她為地位顯赫的貴妃，僅次於皇后之位。

師孌沁得到御景帝的三千獨愛，對他的態度始終冷冷淡淡，一個月難得跟他說上三句話。

某日御景帝壓著她火熱纏綿之後，突然來了興致要她裸身跳舞。心高氣傲的她自然不肯屈從，御景帝便以曇幽國的流民來威脅她，熱愛子民的師孌沁不得不從，在他的撫琴伴奏下一絲不掛地跳起鬼神之舞。如今的她失去純潔之身，鬼神之舞已毫無作用。

美麗的胴體重新在月下輕舞飛揚，白濁在一舉一動間從她腿心流淌下來，奢靡而淫亂。

在即將舞罷之時，師孌沁突然披上外衫，從高樓上一躍而下。

御景帝當場驚駭不已，連忙使著輕功跳下去，將師孌沁抱去找太醫。

師孌沁雖救回一命，腿卻因此不能行走，御景帝對此怒不可遏。

他恨極了她，這雙美麗的腿，怎麼忍得下心毀掉！

自從御景帝沒再去過師孌沁的寢宮，沒想到三個月後，傳來她有孕的消息。

御景帝起初是極其高興的，可聽太醫說她懷上的時間是兩個月前，然後這期間他見都沒過見她一面。

恰好那時宮中混入了曇幽國的殘留勢力，那些得了皇后好處的太監便煽風點火，說師孌沁是與人私通才懷的孕。

御景帝越發恨她，卻仍不忍聽從諫言清理餘孽，只先將她與皇子關在冷宮，等著她願意屈服的一日。

師孌沁給兒子取名為顧懷瑾，字無瑕，意為無瑕美玉，只因紀念她當年在望月臺獨舞時，佩戴的招鬼神之物墨弦玉。

每逢玉無瑕生辰之時，御景帝會潛入師孌沁居住的冷宮，看母子兩人吃壽麵的親暱場景。他的耐心一年年磨去，終於在玉無瑕六歲那年，瞧玉無瑕長得極不像自己，一怒之下現身在母子面前，一手將玉無瑕拖走，威脅要對他施以杖刑。

滿臉驚愕的師孌沁想去阻止，不慎從輪椅上摔下，朝他們艱難地挪動身子。

御景帝停下腳步，冷冷說道：「他不是朕的親生兒子，為何要留下這孽子的命？除非他是真正的皇族血脈，可妳能拿什麼證明？」

師孌沁無力地求情著：「拿我的命證明，好不好？」

說罷，她哆嗦地撐著木桌起身，朝身旁一根石柱撞去，頓時頭破血流。

御景帝大驚失色，抱著滿頭鮮血的師孌沁，責問她明明還有別的法子，為何偏偏選擇以死明志。

師孌沁在他面前從未哭過，也從未像此時一樣，說過這麼多的話。

她虛弱地請求他不要殺玉無瑕，即使貶他為庶民都可以。她死後不想要葬在墳墓中，求御景帝將她的屍骨燒成灰燼，撒在故國的土壤隨風而去。

御景帝哽咽著答應她的請求，眼睜睜看著她閉上眼睛。

身旁跪著的玉無瑕泣不成聲，御景帝越看他越覺得像自己，當初怎麼會被那麼多人蒙蔽，相信他不是自己所出……

自此，玉無瑕恢復了第一皇子的身分。肚子久無動靜的皇后卻動了歪心思，趁玉無瑕年幼想將他視為己出，再立他為太子穩固后位。

御景帝答應了皇后的要求，很快立玉無瑕為太子，可令皇后十分失望的是，玉無瑕始終對她不冷不熱，想反悔之時木已成舟。

在玉無瑕十八歲那年，皇后背後的家族勢力，被他暗地裡逐一剷除。御景帝那時已很厭煩皇后，便以無后乃大為由，廢黜了她的皇后之位。

皇后被關入當年師孌沁居住的冷宮，玉無瑕還特地去看望過她，以言語威逼她說出當年買通太醫，謊報師孌沁懷孕才兩個月的事實。

幾個月後，皇后「病逝」在冷宮中。

其實這一切，御景帝前幾年就知道了，只是在他內心深處，更在意的是師孌沁的回心轉意，沒想到等來的卻是她的逝去。

桓意如靜靜地聽著御景帝的過往，內心的波動卻平息不下。

早就聽聞這對父子並不融洽，原來師孌沁的死就是那道坎，他們都不願跨過去。

御景帝述說完這段往事，嘆息道：「妳是第一個能讓朕說出心事的人，朕有點知道懷瑾那麼喜歡妳的原因了。」

「草民只是一介平民，僥倖得到太子垂青罷了。皇上，恕草民放肆一句，明明都在意彼此，為什麼不面對面說一說呢？太子正在殿外……」

御景帝正色道：「夠了，今夜就說到這，朕跟妳說了那麼多，妳還想安全地跟他回去嗎？」

見桓意如微微一愣，御景帝大笑道：「嚇唬妳的。留下來吧，讓他一個人回去，妳陪朕多說說話。」

「太子還在殿外……」

「朕會派人知會他的。」

燭火通明的殿外，夜色反而無比濕寒。

玉無瑕一個人坐在木凳上，等了足足四個時辰，一道道匆匆的身影穿梭而去，卻偏偏沒有他想見的人。

徐公公走過來說道：「太子殿下，不必等桓姑娘了，她被聖上授予女官之職，今後將留在宮中。」

玉無瑕露出不可置信之色，急問徐公公是何原因。

「聖上好似很喜歡桓姑娘的性子，說是想留她下來陪他說話。」

玉無瑕的臉色瞬間陰沉下來，「留她下來不過想氣我而已，以為這樣就奈何得了我？」

雖說想找回意如來日方長，可他肯定會承受不了相思之苦，做出匪夷所思之事……

桓意如被封為一品尚宮，負責皇帝生活起居。皇宮門禁森嚴，皇子不得出入深宮內院，今後應該難與玉無瑕見上一面了。

白日裡宮中事務繁多，到了晚上才清閒下來。

入睡前她擺弄小人偶，自言自語道：「我睡不著，怎麼辦……」然後又捏起鼻子憋著嗓子，學玉無瑕的口吻說道：「難道是太想我了？」

「哼，你贏了，我有點想你了……」她戳戳小人偶的臉，覺得方才的舉動好生幼稚，乾笑一聲，「我果真是太無聊了……」

昏黃的燭光搖曳下，她抱著小人偶靠在床頭打瞌睡時，突然感覺到一根冰冷的手指，在輕柔地撫摸她的唇。

她驚覺地睜開眼，只見小人偶躺在她的懷裡，並無其他古怪，莫非剛剛只是幻覺？

房門恰在這時被敲響，她穿戴好衣裳開門一看，一位高眺斯文的公公，戴著寬邊帽子站在門外，低垂著頭瞧不見容顏。

「尚宮大人，需要暖爐嗎？」公公沉著嗓子問道。

此時四月暖春，雖說仍有些乍暖還寒，但也沒必要用暖爐。

她搖頭回絕道：「不用了，謝謝公公。」

「可尚宮大人不用的話，會睡不安分的。」公公輕笑著揶揄道。

這一笑聲清越之極，透著莫名的熟悉感。

她懷疑地看著他，「你是……」

公公緩緩拿下帽子，在迷離如夢的夜色中，露出俊美無瑕的臉，唇畔蕩漾出清淺的笑：「尚宮大人幾日不見，就不記得奴才了？」

桓意如的心瞬間跳到嗓子眼，趕緊將他拉進房間，把房門和窗戶掩好後，惴惴不安地問他：「你怎麼穿成這樣混進來了？」

「不裝扮一番怎麼進得來？」他從身後圈起她的腰身，下頷垂搭在她的肩頭，發出呢喃般的耳語，「我想妳了……」

他呼出的熱氣噴在她的耳垂，暖流似地灌滿她的心扉。

她耳根染上一絲淡淡的緋紅，掩飾地眨動幾下眼皮，「咳咳，既然你的身分是太監，今日就得什麼都聽我的。」

玉無瑕順著她的話繼續扮演下去，語氣畢恭畢敬，「那奴才伺候大人安睡可好？」

桓尚宮正色道：「服侍不好，就要扣三個月俸祿。」

玉無瑕將她橫抱至床上，笑道：「包君滿意。」

桓尚宮滿臉的不悅，推搡著他：「你幹嘛！伺候又不是陪睡！」

「大人別緊張，小人正要伺候。」玉無瑕讓她坐在床邊背對自己，輕柔地揉捏她的肩膀，「力道合不合適？」

這一按摩十分舒服，桓尚宮享受得閉上眼皮：「想不到你做什麼都這麼好，按摩得舒服極了，可以再大點力。」

「還有更舒服的。」他的手延伸而下在背脊遊走，描摹少女玲瓏的曲線，或輕或重地揉捏撫弄。

她在他手掌下張開朱唇喘息著，珍珠似的腳趾躁動了幾下，清純的精緻小臉混合一絲嫵媚，任何男人都抵擋不了這份誘惑。

他清亮的眼眸越發深沉，將她翻倒在柔軟的床鋪上，無意瞥見床頭的小人偶，蹙起眉頭將它丟到一邊：「這人偶怎麼也在？」

「別亂丟，弄髒了不好。」她對他的行為無奈極了，不知為何他極其看不慣小人偶，好歹它是她送他的禮物啊。

「我不想它打擾我們。」他的手越來越放肆起來，隔著衣物玩弄她渾圓的雙乳。

「它只是個人偶而已，啊……輕點……」

小人偶孤零零的斜躺在床櫃上，看著玉無瑕解開她的衣襟釦子，遠山峨眉略不可見地皺起……

眼見衣衫被一件件剝下，桓意如捂著胸口推拒他的觸碰：「不是只是按摩嗎，怎麼又脫起衣服來了？」

「脫下衣服才更好按摩。」玉無瑕的俊容毫無情欲之色，彷彿做的是極為正經的事。

他一雙手掌覆蓋在渾圓的雙乳上，以畫圈的方式來回按摩，再以手指夾住兩顆粉紅的茱萸，輕輕蹭弄幾下，茱萸就硬了起來。

「經常按摩胸會變大。」他調笑著說道。

桓意如抿著唇不悅地瞪他，這傢伙明顯是嫌她胸小嘛！

他將雪白的雙乳按揉得腫紅後，又蜿蜒而下輕捏一盈一握的細腰，觸碰到兩腿的淡褐色深谷之間。

她有點緊張地夾緊雙腿，順勢也夾住了他伸入的手指。

玉無瑕將她的表情盡收眼底，手下的動作放肆起來，由裡到外摩挲嫩白的陰戶，揉捏幾下敏感細嫩的花蕊。

一股熱流由肌膚鑽入腹部，再溢滿桓意如的周身。

她側過頭輕輕喘息著，十根腳趾難耐地蜷曲，渾身肌膚泛起淡紅色。

「是不是想被插進去？」他撥弄著兩瓣肥厚的花蕊，手指時不時往蜜穴伸入一點，拔出後帶了晶瑩的花液。

「啊……嗯啊……」她的身體彷彿被他操縱一樣，完全不受控制地發出呻吟，瘋狂地想要他把手指再捅進去，最後換成更長更粗的東西。

「既然妳那麼想，就給小穴按摩一下。」他將三根手指伸進狹小的蜜穴，模仿進出的姿勢來回捅了數十下。

她扭動著嬌軀，忍不住呼道：「啊……我要更大的……」

「更大的是什麼？」他明知故問地說道。

「下面的……我要你下面的……」

他解開湛藍色的絲綢腰帶，褪下一身太監的衣裳，一根粗長的肉莖展露在她面前，帶著極為粗野的侵略性。

「下面這根是什麼，記得春宮圖上描述的嗎？」玉無瑕使她的手握住那根猙獰的肉棒，彷彿教學般正經嚴肅地問道。

桓意如思索一番，臉頰滾燙地回道：「陽具？肉棒？」

「那妳想要它插什麼？答錯的話就插妳的小嘴。」

「小穴……」

「如妳所願。」

他低笑著彎曲她的雙腿向兩側掰開，跪坐在她身下，堅硬的肉棒抵在私處摩擦一會，磨了她的耐心後一鼓作氣捅進去，九淺一深地快速抽插起來。

她烏黑的秀髮隨擺動凌亂散開，床鋪劇烈地搖晃著。滿房子迴盪著肉體的拍響聲，與她斷斷續續的呻吟聲。

「不行了……無瑕……啊啊……太快了……」

她嗚嗚地叫著，一下被填滿，又一下被抽空，快感接連不斷。

深色的肉棒在雪嫩的蜜穴操進操出，插得一次比一次快，直到一股春水噴濺而出，澆灌在兩人交合的最深處……

纏綿到了四更天，玉無瑕才從她體內抽離，唇貼著她的耳垂道：「明早我有事得先離開，已派人暗中保護妳，凡事量力而行低調行事，在宮內不要相信任何人。」

桓意如像鹹魚一樣被折騰了大半夜，昏昏欲睡間聽不清他在說什麼，抱著枕頭含糊地應了。

玉無瑕幫她蓋好被子，啄吻下她香汗淋漓的額頭，深深看了她一眼後起身離開。

聽到了關門的聲音，桓意如驚醒般喃喃道：「這就走了啊……」

她將自己埋在被窩裡，貪婪地回味他留下的溫暖，沒一會功夫便沉睡過去。

迷離的夜色中，一股黑影沿床尾朝她徐徐飄來，無聲無息如同毒蛇逼近。

彷彿一股濕寒滲入被褥，她難耐地撩開被子一看，見一張熟悉的俊容附身看著自己，明明四周昏暗無光，那雙眸子卻亮得驚人，潛藏著某種洶湧的侵占欲。

不知為何她一陣心慌意亂，沙啞地道：「你怎麼又……」

他未等她說完，突然低下頭，一口含住她的唇，堵住了接下來的話。長舌侵略她溫濕的小嘴，擒著丁香小舌攪動，使得她大氣都喘不過來。

他猛地一把撩開棉被，身軀覆蓋在她赤裸的胴體，咬著雪白肌膚上的點點紅痕，那是沒多久印上的痕跡，可他彷彿為了懲罰般，又在紅痕上印上新的痕跡。

「啊……疼……你在做什麼……」刺癢的知覺從觸碰處鑽進身體，她在他沉重的壓迫下扭動四肢，妄想逃脫那強大的束縛。

直到她肌膚上的紅痕換上新的，他才饜足地舔舔她的唇瓣，粗暴地分開她細長的腿，強勢進入柔軟的體內。

她穴裡殘留了之前流下的精液，這麼一捅進去擠出了不少白濁，來來回回狠狠插了幾下，使陰戶上沾滿了黏稠的液體。

此時的他全然沒有前半夜的溫和，如同野獸般占有她柔軟的胴體，感覺每次衝撞都頂在最深處，下一次卻能撞到更深的地方。

她在他壓迫下輕喘呻吟著，推搡他寬實的胸膛：「不……你不是無瑕……」

「不是無瑕，那我是誰？」他低笑著問道，下體越動越快，撞得她口不擇言。

「不……你是玉無瑕……但不是……現在的……」

「每次見他那麼碰妳，就恨不得殺了他，將他挫骨揚灰……」

在暴雨般猛烈的抽弄下，她被攪成一灘春水，耳邊迴盪他惡毒的字眼，低喃道：「不要……別碰他……」

「看來妳更喜歡他啊。」他的唇在她頸項邊滑動，彷彿隨時會咬破她喉管的血脈，「我怎麼可能害他？他，就是我啊。」

他又將她翻過身，讓她呈現跪姿，再重新捅了進去，沙啞地低語：「夜還長呢。他之前怎麼弄妳的，我就同樣討要回來……」

次日，桓意如艱難地撐開眼皮，見被褥整整齊齊地蓋在身上，彷彿那後半夜的瘋狂只是一場夢。

一場如同惡夢的春夢。

被丟棄在桌上的小人偶，仍保持著昨日的姿勢，一動不動地面朝她，淡色唇角向上微微揚起。

桓意如在皇宮除了陪御景帝閒聊，還得處理些宮中內務，裡裡外外走動，總會遇上些礙事之人。

某日她途徑御花園，突聞談笑聲，見若干宮娥與太監漫步走來，一名粉黛峨眉的妃子被團團簇擁，看相貌已年過四十，正是少婦的風韻最佳之時。

桓意如故意走到一側，讓出一點空間，未料還是引起了妃子的注意。

妃子的鳳眼睨著桓意如，一臉鄙夷：「這是哪來的奴才？見了本宮還不行禮！」

太監尖聲尖氣地迎合：「二皇子的生母蕭貴妃駕到，還不趕緊行禮！」

其中一名宮娥見過桓意如，解釋道：「貴妃娘娘，這位是新得寵的一品尚宮，聖上賜她不跪之禮。」

蕭貴妃上下打量桓意如，莫名低笑一聲：「姿色倒是不錯，不過別妄想爬上皇上龍床了……」

宮娥在蕭貴妃耳邊小聲道：「這女官據說是太子的人。」

蕭貴妃臉色微變，瞪著桓意如道：「原來她就是那姓桓的。」

桓意如簡單地做了個揖，不卑不亢道：「參見貴妃娘娘。」

「啊，聽說妳很擅長刻人偶，今日就替本宮做上一隻吧！」蕭貴婦伸出塗了鳳仙花汁的手指，對著花壇邊攪動花肥的木棍道，「就用那根木頭做吧。」

花肥裡摻了汙濁不堪的糞便，散發出刺鼻難聞的惡臭，別說拿在手裡，連靠近都令人倒胃口，蕭貴妃明顯在為難桓意如。

桓意如回絕道：「娘娘，這木棍並非良木，恐怕我能力不及。」

蕭貴妃喝道：「本宮才不管那麼多！叫妳用此木，妳就得用此木造出來！」

太監提著裝了花肥和木棍的桶子，捂著鼻子遞到桓意如面前：「桓尚宮，拿好了。妳雖為女官，仍算是宮裡的奴才，不得違抗娘娘的命令！」

蕭貴妃見桓意如無動於衷，對身邊的奴才一口令下，若是她再不接住，便把木棍塞進她嘴裡。

被三個太監圍著，桓意如掂量著自己武功雖不算高，對付他們還綽綽有餘，剛要從懷裡掏出銀絲，突地木桶被一塊石子擊中，破開的大洞流出烏黑的花肥，濺到捧著木桶的太監身上，旁邊兩人也殃及池魚。

桓意如只感身子一輕，腰身被攬起往後一退，遠離了那股惡臭。

她迎著刺眼的霞光瞧去，瞥見那張令人魂牽夢繞的側面。

玉無瑕微微垂下頭，朝她淺淺一笑，抬頭看向蕭貴妃時，又變得冷漠疏離。

「蕭貴妃，我的人可不能亂碰。」

這突如其來的一襲，嚇得蕭貴妃臉色煞白，驚怒道：「太、太子您怎麼會在御花園裡？」

玉無瑕將桓意如護在身後，回道：「父皇今日派了一些公事，我恰好路過此地。」

「太子來得還真是湊巧。」蕭貴妃諷刺地輕哼一聲：「不過桓尚宮進了宮，也算皇上的人，一個皇子這般靠近她，可有淫亂後宮的嫌疑。」

玉無瑕冷冷道：「她從入宮前就屬於我，這後宮乃至天下我只要她一人，也只有我能碰她，何來的淫亂之嫌？」

蕭貴妃被堵得無話可說，又被流淌一地的花肥臭得泛起噁心，用手絹捂住口鼻，氣呼呼地甩袖離開，背後的奴才趕緊跟了上去。

桓意如目睹他們遠離，還沒來得及緩口氣，又被玉無瑕拽著御花園深處走去，不管她怎麼喚他，玉無瑕一聲也不吭。

兩人繞過了無數狹長的羊腸小徑，彎下腰鑽進一處假山的縫隙，只見被假山圍住之處青草茵茵。

「這裡是適合偷情的地方。」玉無瑕沒來由的說出這話，又回頭瞧桓意如露出迥異之色，禁不住壞笑出聲，「你們出來吧。」

假山後傳來腳步聲，一高一矮的身影閃現。

桓意如定睛看去發現是一對男女，兩人的相貌極為陌生，著了太監跟宮女的裝扮。

玉無瑕命令道：「將昨夜發生在此的聲音重現一遍。」

女人點點頭，開腔道：「唉，冤家你總算來了，害本宮等了你那麼久。」

男人回道：「嘿嘿，還不是怕皇帝老兒懷疑，離上次私會才沒幾天，小騷貨下面又癢得難受了？」

這說的話明明聲色百出，眼前男女卻始終面無表情。

兩人的口吻聽起來十分耳熟，桓意如豁然想起，這不是左丞相與蕭貴妃的聲音嗎！

「哼，才幾天？明明都快一個月了，你可知待在後宮多麼寂寞難耐啊，本宮現在跟寡婦沒任何區別了。」

「左某恰好死了老婆，跟你這個寡婦剛好湊成一對！」

「哼，皇帝還沒死呢……大膽賊子，你亂摸哪裡呢！」

「裝什麼裝，咱們孩子都生了，不就是現在的二皇子嗎，哈哈哈……」

「最近太子的一個相好進了皇宮，被皇帝封了個女官，名字叫桓意如。若是妳見著她，給她點顏色瞧瞧，就是這女人害我家的嫻儀丟盡顏面。」

「嫻儀嫻儀，你就知道你家女兒，不知道的人還以為你有戀女情節呢！她進了宮又如何，難道能一女侍父子嗎？本宮在皇宮待了快二十年，皇帝連本宮的床都沒挨過一下，他看似英明神武又不近女色，一定是天生不能。」

「妳怎知他不行？或許他還碰過別人，如今好歹也有四個皇子。」

「除了封兒之外……蠢豬顧簡辭，應該是蓉妃假裝懷孕『生下』的。至於軟脾氣的顧言惜，他的母妃瑩妃曾與一個假太監私通，他的生父肯定不是皇帝。」

「這些我早就知道，那太子顧懷瑾呢？」

「這個更不用說了，當初就是皇上懷疑，他的母妃為保他性命才撞柱身亡的。」

「我倒覺得顧懷瑾長得很像皇帝。」

「我覺得後宮中絕對沒有皇帝的親生兒子。哪個正常男人會冷落我，左丞相你說是不是？」

「也對，這般如花似玉的大美人，誰看了都會動心的，左某就是妳的裙下之臣啊。哎呀，蕭貴妃的裙底風光，十年如一日的美啊……」

「啊啊……你摸哪兒呢……混蛋癢啊……嗯啊……禽獸……」

這一段對話如同一道驚雷，桓意如完全始料未及。

連玉無瑕都浮出震驚之色，握住桓意如的手下意識地緊了緊，掐得她手指微疼。

「無瑕……」桓意如抬手搭在他的肩頭，輕聲喚回他散亂的思緒。

玉無瑕厲聲道：「此事若洩露出去，就不是割舌頭那麼簡單了。你們都退下吧，守在五百步外，不得讓人接近。」

兩人道了聲遵命，很快閃出假山消失無蹤。

玉無瑕斂起眼眸依靠在石壁邊，堆積的假山擋住天頂投射的光線，也使得他的面容模糊不清。

桓意如默默地站在他身邊，不知如何安慰才好。

兩人靜默了良久，玉無瑕苦笑一聲，「我真的不是他的兒子。」

「相信我，你是皇上的親生兒子。我前些日聽他說過，他在曇幽國就強占了你的母親，如果他真是無能，為何當初在意你是不是他親生的？也許他只碰心愛的女人……」

玉無瑕指著不遠處的草地，咬牙切齒道：「蕭貴妃就在那裡跟左丞相私會，兩人偷了足足十九年的情，還生了一個孽子，父皇從未碰過她，怎麼可能不知道這一切？」

桓意如回道：「他不喜歡蕭貴妃，自然不會在意。」

玉無瑕抬眼看向她，嘴角微微翹起，「也對，如果換做我，除了某個人，其他女人都形如白骨。」

他手臂一伸，將她困在岩壁上，下頷抵在她的額頭上，極好看的唇吻著她的髮：「左丞相此人委實精明，肯定無人能發現這偷情之地。」

「你想做什麼？」桓意如有種不好的預感。

玉無瑕手指描摹她玲瓏的嬌軀，沿著曲線緩緩滑下伸入裙底：「既然是偷情之地，不用有些可惜了。不過我嫌他們用過的草地髒，只能委屈妳一下，在這裡碰妳了。」

他低啞地喚著她的名字，用牙齒咬開衣釦，彈出兩團渾圓的雪凝酥乳。

少女獨特的芳香，最是沁人心脾。

他埋在她敞露的雙乳間，一口咬住淡櫻色的茱萸，長舌像蛇信子舔弄著。

身後是一堵冰冷封死的牆，下面摩擦著灼熱的硬鐵，前面緊貼著火熱的胸膛。

「嗯——」她整個人掛在他身上，仰頭髮出綿長的喘息，此時此刻體內冷熱交織。

「意如，看著我，我是誰？」他的唇沿著鎖骨滑上頸項，在白皙的肌膚種上一顆顆紅點，最後吻上她翕動的紅唇。

她撐開眼皮一眼看去，是他在黑夜中幽亮的眼瞳，艱難地吐出聲音：「無瑕……啊……」

「妳說的是哪個無瑕？」他輕咬她的唇瓣，帶著說錯就懲罰的意味。

「唯一的……無瑕……你是世間唯一……的一個……」

他似乎得到了滿意的答案，抿起唇淡淡一笑，下身用力一挺，肉棒進入她體內的深處。

這麼一衝撞，彷彿把她胸口的氣都壓了出來。

他如同宣洩欲望的野獸，一下下地撞往最深處，攪得甬道蜜汁橫流，滴落在翠綠的草地上……

兩人抵死纏綿後，玉無瑕解下脖子的一條項鍊，輕柔且專橫地給她繫上。

桓意如瞧清這掛飾是何物，驚訝地問道：「墨弦玉，這是你母親的遺物，給我做什麼？」

「在外人看來，墨弦玉是帶著惡運的邪玉，其實在曇幽國是賜予巫女法術的聖物，據說能夠起死回生。」

她驟然想起了十六年後的玉無瑕，擁有了起死回生之能，大概與人偶頭顱上的墨弦玉有關？

他蜻蜓點水地吻了她一下，深深凝視她的面容：「好好戴著，它會替我保護妳。」

回臥房的路上，玉無瑕並沒有陪在她身邊，可她知道他派的人正在暗處戒備著。

桓意如褪下衣衫，清洗腿間溢出的白濁，摸著胸口的墨弦玉回憶起方才，不經意甜甜地笑出聲來。

躺入軟綿的被褥沒多久，她忽然聞到一股淡淡的血腥味，警覺地起身穿好衣裳。

血腥味像是窗外飄來的，四周明明寂靜無聲，卻有種壓迫感緊逼而來。

在血腥味越來越重時，她從袖子抽出一根銀絲，突地脖子傳來一陣冰冷，有把劍正抵在她細嫩的頸項上，只需往右一劃，她的頭顱就會被齊齊斬斷。

這人是個萬里挑一的高手，連玉無瑕精心挑選的暗衛，都在極短的時間內死於他手下。

「我殺人前有個習慣，就是問人臨終遺言，妳有何想說？」刺客的嗓音極為刺耳。

「你是誰派來的？左丞相，還是二皇子？」桓意如想盡量拖延時間，說不定能尋出一條活路。

「去問閻王爺吧。」刺客是性子急躁之人，手勁猛地用了下力，她的頸項劃出一道血痕。

桓意如忍著疼痛繼續周旋：「等等，不知是誰害我，我死不瞑目，到陰曹地府告你一狀可不好。」

「刺客有這一行的規矩，不能說出雇主是何人。而且我殺過的人比妳吃過的米還多，若是他們都來告我一狀，閻王大概都忙不過來了，還會理妳這個小丫頭？」

「我都是將死之人了，死了就沒人知道你壞了規矩。」

「哼，油嘴滑舌！我好歹幹了這一行數十年，難道會不知妳在拖延時間？去死吧！」

桓意如方要閉上雙眼，一股熱液潑灑在臉上，但自己身上毫無疼痛。

地面上躺著一隻斷手，糊得地面血腥淋漓。

她驚愕地往後一看，便見刺客一隻袖子空蕩蕩，而他拿著的劍卻沾滿鮮血很顯然是他自己斬斷的。

「他果然不能保護好妳。」聲音是玉無瑕，人卻不是他。

紅楠木的床頭櫃上，斜靠著一月玉白的小身影。他面朝著桓意如的方向，幽亮的眼瞳睜開著，在昏暗的燭光下似眨了一下。

桓意如打量房內並非發現他人，忽然聽到一聲揶揄的笑聲。

「不用看了，是我，妳的無瑕。」

小人偶慵懶地撐著燭臺起身，舉手投足與真人無異，目光由始至終深鎖她的面容：「意如，過來……」

桓意如愣怔地看著他，雙腿像灌了鉛般無法動彈。

彷彿回到十六年後的某日，她親手造的人偶又活過來了……

除桓意如之外，更為震驚的是那名刺客。

他原想削了她的腦袋，不知怎麼的，右手不聽使喚地砍斷了自己的左手。

在失血的劇烈疼痛中，他甚至以為自己產生了幻覺，一隻精緻絕倫的人偶居然活了過來，如同真人般與面前的少女說話。

他好歹在江湖混了那麼多年，初次產生逃跑的想法，還沒來得及挪動下腳步，那隻詭異的人偶居然看向了自己。

「差點把你忘了，該怎麼處理掉你好呢……」小人偶勾唇一笑，瞥了眼地上的斷肢，「若是弄了太多鮮血，意如就不好清理了……好吧，只能這樣了。」

小人偶朝刺客抬起衣袖，刺客的脖子頓時像被某種可怕的力量猛地掰動，然後聽到一聲咔嚓，翻起白眼癱倒在地。

小人偶見桓意如久久不動，不等她反應，便緩緩走了過去。似乎因為還沒適應這具人偶的身體，腳一軟竟摔在桌面。

這場景發生在一具三寸長的人偶身上，有些滑稽可愛之感，可桓意如卻不敢笑出聲，趕緊伸出手臂將他攬起。

「看妳憋著嘴的模樣，是不是特別想笑？」此時此刻他被抱在她的懷中，手指捏住她肩膀一縷青絲，「還有，我不喜歡被妳這樣抱著。」

話語剛畢，桓意如不由自主地仰躺在床上，而他緊緊伏在她的胸前，摩挲她微微發白的面龐。

玉無瑕的能力似乎越發強大了，竟然連活人都能控制。

他深深地凝視著桓意如，彷彿世間只剩下她一人。

「妳果然還在害怕我，明明我跟他是同一個人。」

這一句戳中了桓意如的心。

對人偶玉無瑕，她的畏懼更多於某樣感情；對活著的他，卻是感情多於畏懼。

他撫上她白皙的頸項，順著繩子摸出墨弦玉長嘆一聲：「我的魂魄曾在這塊玉中待過十六年。」

桓意如微微愣了愣，突然想起這墨弦玉是自己從小戴到大的，那時玉無瑕的魂魄應該已在玉中，也就是他相伴了自己十幾年，難怪他瞭解她的一切。

她張張嘴慶幸還能發聲，詢問道：「你……是怎麼過來的？」

他俯下身在她唇瓣落下一吻，聲音仍是那般溫柔繾綣，神情卻令人發寒。

「我的魂魄原本不能進入血井，不得不用了些手段增強法力，不過每次能待的時間並不長久。這樣也好，雖知與妳纏綿的人是自己，但親眼瞧見還是難以忍受。」

桓意如面露欣喜：「既然你能夠進來，是不是就能改變自己的命運了！」

玉無瑕搖搖頭，笑道：「我能做的只有保護妳。」

說罷，他朝拗斷脖子的刺客輕喝一聲：「起。」

刺客霍地一下從地上起身，斷裂的臂膀因著死去多時，瀑布般流淌的血液早已止住。

玉無瑕一聲令下：「清理乾淨地面的血跡，再回你的雇主那裡。」

刺客機械地朝他鞠躬，蹲下身褪下衣裳擦乾地上血漬，然後撿起斷肢跳窗離開。

桓意如目睹這詭異的一幕，心道他如此強大，為何改變不了過去？

「能否告訴我，他們是怎麼害死你的？」

「火……」他聲音漸漸微弱了起來，雙眸失去了凌厲的光彩，倒在她隆起的胸脯上。

桓意如驚愕地捧起他，無論怎麼呼喚都一動不動，大概如他所說的一般，他的魂魄無法在此世維持太久。

當晚左府的書房內，左丞相私下會見御前統領魏鋒。

兩人早在四年前就有了勾結，都偏向將太子立為儲君。可如今太子不願娶左丞相的愛女，連看都不願看她一眼，他便把想法一一告之魏鋒。

魏鋒聽後搖搖頭道：「太子雖說可能不為我們所用，但二皇子為人太過陰險，怕是坐了帝位會更難以掌控……」

書房大門恰在此時被撞開，戴斗笠的黑衣人閃身進來，手中的冷劍沾滿血跡，左邊的袖子空蕩蕩的。

左丞相見他是派出去的刺客，蹙起眉峰道：「狗奴才，何時變得如此無禮，連門都不會敲了，事情變得如何？」

魏鋒問道：「左大人，你派刺客所謂何事？」

左丞相輕嗤一聲：「殺了一個眼中釘，替我的嫻儀清除後顧之憂。」

刺客在兩人談話間悄然走進，魏鋒警覺地倒喝道：「左大人小心！」

他迅速從腰際抽出利劍，與襲來的刺客拚殺起來。

兩人都是少見的高手，不過刺客畢竟斷了一臂，難以全力應戰。魏鋒很快便占了上風，將利劍捅入刺客的胸膛。

左丞相聽到倒地之聲，顫顫巍巍地從桌下探出頭，看死的是刺客舒了口氣：「幸好有魏大人相助，否則左某必命喪黃泉。這刺客倒是發了什麼瘋癲，為何要突然反殺，我雇他可花了不少銀子。」

魏鋒蹲下身探探刺客的胸膛，面色分外凝重起來，「看這人身上的血，應該死了一段時間了。」

左丞相嚇出一身冷汗，「這這這……這怎麼可能……」

「我猜他極有可能是被下了巫蠱之術。」魏鋒思索著道：「二十多年前被滅的曇幽國便有此巫術，左大人到底是派去刺殺何人？」

左丞相只得承認：「一個太子的相好而已，莫非她會起死回生？」

魏鋒在宮中行事，自然知道他說的是誰，問道：「難道桓尚宮會使巫術？還迷惑了太子？」

「起死回生術是太子母妃會的，若說是太子所為也有可能。左某不管魏大人的想法如何，這太子我看是不能扶持的了，咱們都在同一條船上，你好生掂量掂量吧，恕左某不遠送了。」左丞相負手而立，嫌惡地繞開屍體，大步退出書房。

這幾日，桓意如有些心神不寧，連躺在床上都不時撐開眼皮，瞟了眼放在床頭櫃的小人偶，像是畏懼又像是期盼。

御景帝偏愛下棋，在後花園的竹林裡建了個竹樓，專門喚來全國有名的棋士，與之切磋棋藝。不過棋士顧慮他是皇上，都不敢使上真本事，令御景帝頗為惱怒。

後來他轟走了那些虛偽的棋士，只跟不會作假的桓意如下棋，所以到了御景帝下朝時間，她都會自動自發地去小竹樓等。

某日不甚巧合，讓她在路上遇到兩個厭惡之人，二皇子顧無封和三皇子顧簡辭。

顧無封見她美貌動人，腆著臉湊過來問道：「小美人，可以告訴本皇子妳是哪個妃子的婢女嗎？」

桓意如對他愛理不理，徑直往前走去，又被他攔了下來。

「別害羞嘛，妳這般美貌待在宮裡多可惜，要不我向那妃子把妳討來，當我的第十一個小妾如何？」

「滾。」桓意如忍無可忍，一開口蹦出個粗話。

「唉唷，小美人罵人了，本皇子更喜歡了！」顧無封對後面的顧簡辭使使眼色，示意把她拖入隱祕的花叢裡。

顧簡辭從背後伸出兩隻肥手，要一把將她抓住，豈料桓意如手肘往後一甩，正中他的瞇眼，顧簡辭摸著眼睛慘叫一聲，栽倒在地。

這兩個皇子懶惰成性，平時疏於練武，敗在她的手裡也不奇怪。

趴在地上的顧簡辭突然捉住她一隻腳，桓意如頓時無法動彈，眼見顧無封從衣袖抽出短刀，向她撲了過來。

桓意如身子一偏，躲過他的襲擊，另一隻腳猛地踩在顧簡辭臉上，疼得他把手一鬆，她空出來的腳朝顧無封踢去。顧無封被她抬腳一踢，也跟著摔倒。

「大老遠就聽到吵鬧聲，原來是你們兩被打成這樣。」御景帝杵著枴杖在太監的攙扶下走來，見顧簡辭肥臉上一道鞋印，不由大笑出聲。

「父皇，你要為兒臣做主啊！」顧簡辭捧著臉嗚嗚哭泣。

「這個女人勾引兒臣不成，便想行刺兒臣！」顧無封狼狽地起身，指著桓意如大聲道。

御景帝深邃的眼眸瞧向桓意如，問道：「到底發生何事？」

桓意如攤攤手：「武器不在我這裡，是不是行刺，由聖上來定奪吧。」

第十二章　調和

顧無封抬高短刀，瞪著桓意如道：「父皇，兒臣是為了自衛才拿出短刀的。」

御景帝微微皺起眉，「朕沒記錯的話，宮中不得私帶兵器。」

顧無封啪嗒一聲，將短刀丟在地上，哭喪著臉求情：「兒臣……兒臣是忘記了……」

「無封，你頭腦確實精明，不過心思太多了。」御景帝又瞧向顧簡辭，搖頭苦笑道，「還有你，少跟你二哥走歪路，腦子再不用會塞滿肥油的。」

顧無封與顧簡辭目瞪口呆，看著御景帝杵著枴杖離開。

「還站在那裡做什麼，還不快過來！」御景帝頭也不回道。

兩人趕緊跟了上去，結果被御景帝一口喝止，顧簡辭沒來得及停下，肥胖的身軀差點把顧無封撞倒在地。

「朕說的不是你們。意如，過來吧。」御景帝不耐煩地催促。

桓意如只能憋住笑意跟隨他離開，留下兩個尷尬無比的兄弟。

走了沒多久路程，御景帝摒退了那些太監宮女，獨自跟桓意如在御花園散步。

見御景帝雙腿不便，桓意如想上前扶他。

「朕還走的動。」御景帝搖頭回絕了她，蹣跚地走了會，突然將枴杖丟在地上。

這一舉動令桓意如吃驚不已，趕緊撿起枴杖跟上：「聖上，您這是幹什麼？」

御景帝艱難地挪動，額頭冒起絲絲冷汗，一瘸一拐的走了數十步後，停下腳步緩了口氣問道：「長年斷腿之人，在什麼情況下能起身？」

桓意如聽了這沒來由的話，愣了愣沒有回答。

「她當初……是為了懷瑾而站起來的？」御景帝苦笑一聲，身子微微搖晃，「那時一定很疼吧，朕現在也很疼……」

即使他堅持不接枴杖，桓意如仍默然無聲地將枴杖遞到他面前。

「朕當時並未妥善醫治，或許是為了向她贖罪吧。」御景帝接過桓意如手裡的枴杖，朝下棋的小竹樓緩步走去。

桓意如看著他發白的雙鬢，忽然覺得他不過是年過半百的老人而已。他與玉無瑕的關係自師貴妃死後，一直處於僵持狀態。

但御景帝是玉無瑕被篡奪皇位時至關重要的一棋，若是有辦法讓兩人和好，說不定能改變玉無瑕接下來的命運。

於是桓意如向他舉薦一名棋藝高超的棋士，若是御景帝同意，明日下午便讓那位棋士來見他。御景帝是惜才之人，笑著答應了她的請求。

次日桓意如以聖上的名義，邀玉無瑕進御花園。玉無瑕和桓意如手牽手走到小竹樓，見棋盤邊整理棋子的人是御景帝，臉上笑意倏地收起。

御景帝發覺桓意如說的是玉無瑕，面色也十分不好，對桓意如厲聲道：「妳可知假傳聖旨是何罪責？」

「不用責罰意如，只當我從未來過便是。」玉無瑕對御景帝行禮後，道了聲打擾便要離開，被桓意如緊緊拉住。

「罷了，既然來了，就下一局吧。」御景帝一反常態，居然要玉無瑕留了下來。

不過下一局而已，玉無瑕便留了下來。桓意如幫兩人端茶倒水，再安靜地退到一邊。

不遠處的桓意如看著棋盤戰況，發現兩人下棋時都一言不發，卻步步致對方的棋子於死地。

御景帝起初還勝券在握，下半局後玉無瑕扳回局面，逼得他節節敗退。

御景帝舉起棋子，猶豫地扣在棋盤上，很快又後悔地將棋子重新拾起，被玉無瑕擒住了手腕。

「父皇是被那些棋士慣壞了吧，落棋無悔。」玉無瑕緊盯著他的雙眼，一字一頓道，「就好比做過的事，再後悔也無濟於事了，錯就是錯，一步錯，步步錯。」

御景帝的眼瞳漸漸渙散，看著棋盤上被逼死的黑子，然後親眼見玉無瑕將一顆白子扣下，徹底將他殺得片甲不留。

「這局是兒臣勝了，告辭。」玉無瑕甩下這句話，起身疾步離開小竹樓。

桓意如無措地跟了上去，怎麼追都追不上他，累得停在一旁喘息。

玉無瑕大概不忍她如此受累，停了腳步等她跟上，悠悠地道：「妳太自作主張了。」

「對不起。」桓意如眼眶微微泛濕，看著他背過去的身影，自嘲地笑出聲，「我瞭解你的心情，可是你從未瞭解過我，我只是……希望你平安無事……」

桓意如瞧四下無人，便把十六年後的事情原原本本地告訴了他，從被瀾夫人威脅製造人偶開始，到玉無瑕將她推入血井為止，接下來的事才是與他共同經歷的。

一切太過虛幻，桓意如怕他不願相信，嘆息道：「我不屬於這個時間，卻因為你而存在了，也就是為你活著，哪怕這條命……」

「好了，別說了。」玉無瑕打斷她的話，終於肯回頭看她。

桓意如卻背過身，慌亂地擦擦眼淚，不想讓他瞧見脆弱的一面，身後伸來一雙臂彎圈住她。

「我會一直陪著妳。」他湊近她的耳畔，輕聲卻堅定。

「你相信我說的話嗎？」桓意如問道。

玉無瑕點點頭，與她相擁著良久不語。

原來讓他嫉妒不已的人是他自己。但明知如此，還是讓他有點不悅，他更想以現在的方式讓她全部屬於他。

桓意如與玉無瑕分別後，疲憊地回到臥房，將小人偶抱進懷裡，輕聲地道：「你能醒來嗎，我有好多事想問你……」

她反復念了幾遍，小人偶還是一動也不動。在她將要放棄之時，一隻冰冷的小手觸上她的胸。

「這麼呼喚我，是想我了嗎？」

清越的聲音從懷中溢出，她驚愕地低頭一看，見小人偶精緻的唇瓣上揚，墊高腳爬過她的胸前，緊擁她細長的頸項。

「嗯，我真的想你了……」雖然不想承認，桓意如還是說了。

她明顯感覺到小人偶的背僵了僵，片刻後他輕輕「嗯」了聲，環住她的小手越發緊了些。

小人偶良久後才鬆開她，桓意如怕他跌下去，將他摟在懷裡。

他的心情好似極好，不再排斥她抱著自己，把玩她在肩頭的青絲，狹長的眉眼睨著她：「說吧，發生什麼事了？」

桓意如有千言萬語想問，話到嘴邊卻不知如何問起，怕他的靈魂很快就會離開，只能挑重要的問：「你經歷過這些，應該知道後面發生的變故，我要做些什麼才能更改你的命運？」

「因為妳的存在擾亂了這個時空，所以我預知不了後面發生的事。」

桓意如咬咬唇道：「那你送我來的目的是什麼?」

小人偶從她的衣領掏出墨弦玉，「我的目的已經達到，不必操之過急，先帶妳去個地方。」

「什麼?」桓意如尚未反應，就被他抬手遮住眼皮，視線驟然一黑，昏睡過去……

「意如，醒醒啊……」

有人在連聲呼喚她的名字，桓意如朦朦朧朧間清醒過來，睜眼便是密不透光的幽黑之地。此時她被抱在有些寒冷、卻十分令人安心的懷中，身邊的人一片模糊不清，只能依稀分辨是熟悉的輪廓。

耳邊是他安撫的聲音：「我在這裡。」

桓意如即刻明白了，這是十六年後的玉無瑕，他如何恢復人身的?

玉無瑕攬起她朝上空飛去，四周越發明亮起來，只見他著了水墨色的長袍，散開的齊腰烏髮隨風逸動，彷彿從幽冥鬼域來的尊者。只是他的面容過於俊美無瑕，令人神魔難辨。

在升到空中之時，他突如其來地鬆開了環住她的手。

這一舉動嚇了桓意如一跳，雙腿慌亂在空中蹬了幾腳，好一會才發現身體自己會浮起來。

玉無瑕揶揄地笑出聲，指著前邊發亮的地方：「看看那是什麼?」

桓意如順著他的手指看了過去，竟透過像黑玉砌成的半透明牆壁，瞧見了橫躺在床鋪上沉睡的自己，小人偶的頭垂搭在她柔軟的胸脯上。

她驚愕地問道：「這是何處？」

「在墨弦玉裡，妳我現在是靈魂狀態。」玉無瑕一揮衣袖，那牆壁變成另一個畫面，可愛的小女嬰在搖籃裡哭鬧，一旁的年輕男子搖著搖籃，唱起小曲哄她安睡。

這年輕男人不正是師父嗎，莫非這小女嬰是自己？

不一會，場景又換了。

南疆的小鎮街頭上，一個女娃兒被師父牽著，肥嘟嘟的小手生怕掉了似的，緊緊握著一根紅通通的糖葫蘆，張開小嘴開心地舔著第一顆。

場景再換。

拿著木工刀的豆蔻少女，向一個花甲老人請教雕偶技巧，神情專注又認真，替她清純的面容平添了幾分動人之處。

「這裡曾有數百、甚至上千像我一樣的枉死冤魂，不甘於人世才會被吸了進來。」

「那些冤魂現在在何處？」

「進來的冤魂會變得內心汙濁，靠魂吃魂獲得更大的力量，想著或許能逃離此處，而我不想被吞噬，只能吞噬他們。」

「你把他們全部吃掉後，便逃離了墨弦玉，才有了後來對我的……」

「我在墨弦玉裡整整待了十六年。」玉無瑕將她摟入懷中，聲音出奇地溫柔，「這是我唯一見到的光，也就是妳，意如。我幻想過無數次碰觸妳、擁抱妳，甚至占有妳。我嫉妒妳跟妳師父的情誼，只想妳永生唯有我一人，就如同我只屬於妳一般。」

桓意如靠在他的胸膛，看著畫面中的自己，心頭微微觸動：「你現在可如意了？」

玉無瑕深深凝視著她，目光悠遠綿長：「遠遠不夠。」

她嘆息道：「被你糾纏，真不知幸還是不幸。」

他越發摟緊她：「不管妳意願如何，我都在這一直陪著妳。」

十六年後的他說了這句話，十六年前的他也說過類似的話。他如同空氣存在她的身邊，沒了他，或許她就無法呼吸了。

她實在難以想像沒有他的日子。

他在她額頭落下一吻，溫柔地道：「回去吧。」

桓意如眼前閃過一擊白光，待睜開眼時，發現自己已回到了臥房，小人偶仍是一動不動地躺在她懷中，他的魂魄大概又回去了。

她戳戳小人偶的臉，無奈地苦笑一聲。

「卑鄙的傢伙……」

第十三章　遺詔

自那日與玉無瑕下完棋後，御景帝的病情日日加重，雙腿癱軟得連床榻都下不了，又堅決不喝湯藥，執拗的性子聽不得勸，連資深老太醫都束手無策。

桓意如也前來貼身照顧，見他遭受病疼的折磨卻無能為力。

她委託太監弄來一串糖葫蘆，端起藥湯遞到他嘴邊：「陛下，我餵您一口藥，您再吃顆糖葫蘆可好？」

此時的御景帝已瘦得不成人形，沒一絲光彩的雙眼瞪著她：「丫頭，妳把朕當小孩嗎？」

桓意如搖搖頭道：「小時候我師父常這麼餵我，糖葫蘆的甜味能化解苦澀，這樣陛下就喝得下去了。」

御景帝嗤笑一聲，「打了二十多年的仗，為了活命，什麼野草蟲豸沒吃過。唉，朕只是累了……」

桓意如愣了愣，將湯碗放回桌上，低頭默然不語。

他犯的是心病，再好的藥也治不好的。

這病十天半個月都不見好轉，宮中議論紛紛，都說聖上可能撐不住了。所有皇子被召進了皇宮，停留在御清殿外等著諭令。

顧無封與顧簡辭一副悲痛樣，抹著眼淚大聲呼喊父皇萬壽齊天。一旁的顧言惜雖然傷心不已，見兩人呼天搶地的醜陋模樣，不由泛起一股噁心。

玉無瑕由始至終面無表情，即使被顧無封嘲笑冷血無情，也從未說過一句話。沒人瞧得見他寬大的衣袖下，雙手成拳的指骨捏得泛白。

徐公公傳了各皇子一個個進去見聖上，顧無封搶著第一個進了御清殿，還沒跪下就被皇帝攆了出來，顧簡辭同樣遭此待遇。

玉無瑕是最後進去的，碰到門邊等候的桓意如，微微頓了下腳步，薄唇緊緊抿起，只是看了珠簾後臥躺的御景帝一眼，很快就轉身往外走去。

桓意如拽著他的袖子道：「他在等你，去見見他吧。」

「已經見過了，我跟他無話可說。」玉無瑕不著痕跡地移開她的手，頭也不回地離開御清殿。

桓意如只得回了裡屋，聽到御景帝一陣陣咳嗽聲，趕緊將他扶起身，輕拍他的背。

剛剛裡頭這麼安靜，御景帝應該聽到玉無瑕的話了吧？

御景帝順了順呼吸後，指著櫥櫃讓她過去拿樣東西。桓意如聽他的指示，取出一張空白卷軸，再遞給他一枝筆。

明明都病入膏肓，御景帝偏偏堅持起身，在她的攙扶下坐上案前，執起墨筆在紙上書寫。

桓意如一看文頭，頓時明白這是封遺詔。一般帝王的遺詔開篇便是歌功頌德，而御景帝的每一段都在自諷劣跡，其實他平生極為好戰，卻還算是一位明君，這番貶低有點過了。

御景帝提及各皇子品行，寫到二皇子精明敏慧，三皇子知情達理，四皇子心地醇厚，唯獨沒寫到玉無瑕的名字。

桓意如的額頭一直在冒冷汗，玉無瑕方才對御景帝那般無禮，御景帝會不會將皇位傳給其他皇子？

桓意如不自覺地道：「陛下……那太子如何？」

御景帝筆鋒往下一偏，在末尾寫道：「太子與朕分歧頗多，然其乃人中龍鳳，集眾皇子之長處，能擔當天下之大任，故繼朕之位。持服二十七日，釋服，布告天下，咸使聞知。」

桓意如轉憂為喜，雙腿差點軟在地上，「太好了……」

御景帝虛弱地丟下筆頭，彷彿寫字已耗費了所有力氣：「妳白擔心一場了，他是朕的兒子，朕不傳給他傳給誰，咳咳咳……」

御景帝猛地躬起腰，爆發撕心裂肺的咳嗽，口中竟噴出一絲血水，沾到雪白的遺詔上。

「來人！快傳太醫！」桓意如趕緊順著他的背脊，想讓御景帝好過些。

御景帝制止她，斷斷續續地說道：「不，朕……想安靜一會……」

他仰著頭靠在長椅上，渙散地看向桓意如，凹陷的眼全然無光，也就在一剎那，像被點燃般一片清明。

「沁兒……」

桓意如迷茫地環顧四周，發現他叫的竟是自己，忽然明白他念的是師貴妃的小名。

御景帝抬起瘦骨嶙峋的胳膊，哆哆嗦嗦地握住她的手，明明他身上沒一點力氣，卻捏得桓意如微疼。

「妳……來了……我等了妳……好久……」

桓意如愣了愣，乾澀地擠出笑臉，「我在這裡，從未走遠。」

御景帝像孩童般抽泣著，眼眶卻乾涸得沒有淚水，有一搭沒一搭地說著：「沁兒……帶我走吧……」

他呼出的氣息越來越弱，拽著她的手滑開後，沉重的眼皮緩緩闔上，再也沒睜開過。

桓意如靜靜地待在一旁，任憑淚水沾濕臉龐……

是夜，御清殿外連綿大雨，芭蕉葉嘩嘩作響，淅淅瀝瀝，如泣如訴。

徐公公等人踏入殿內，見到離世的御景帝，一個個嚇得以頭搶地，將他的屍身扶回龍床上，再用一張白棉毯蓋住。

徐公公悄聲問桓意如，御景帝臨死前有無告知遺詔在何處？桓意如不太相信徐公公，回答自己並不知情，但直言御景帝傳位之人是太子。

其實她早已將遺詔藏在某個隱蔽處，等玉無瑕現身時再交給他。

徐公公狐疑地瞇起眼，尖聲尖氣道：「你們這些奴才，不准將駕崩的事傳出去！」

桓意如感覺不對，厲聲問道：「徐公公，你憑什麼自作主張？」

「桓尚宮，陛下屍骨未寒、魂魄猶在，切不可大聲喧譁啊！」

說話的人聲音極其響亮，只見左丞相大步踏入門檻，身後跟著御前統領魏鋒，還有一個背著書篋的白髮老者。

魏鋒指使手下道：「將御清殿搜查一遍，必須找出遺詔！」

他們將屋子裡裡外外翻了個遍，丟得滿地紙屑與花瓶碎片，都沒有找到任何有關傳位的東西。

左丞相捋著鬍鬚道：「也好，即使沒有遺詔，我們也能無中生有。陳老先生，靠你了！」

白髮老者坐上御景帝之前用過的書桌，面色泰然道：「小人需要看一眼皇上的字跡。」

徐公公將數十本奏摺呈到他跟前，諂媚地笑道：「這些都是，陳大學士請過目。」

桓意如忽然明白，這些人是打算偽造遺詔！既然他們敢在她跟前做此事，極有可能是不打算讓她活著了。

不行，她絕不能輕易死掉，必須讓玉無瑕拿到遺詔！

她盡量壓低存在感，悄然地朝窗子挪了過去，正欲跳出窗外，被眼尖的魏鋒察覺。魏鋒飛身過去，一手擒住她的肩膀將其拽回屋內。桓意如的武力完全不是他的對手，對招十幾下後被他扣住雙手。

左丞相道：「呵呵，桓尚宮好端端地跑什麼？」

桓意如被摁在地上，疼得咬著牙道：「左丞相，偽造遺詔是株連九族之罪。」

「雖說這是偽造，立二皇子繼位本就是陛下的意思。」

「一派胡言，陛下想立的是太子！」

左丞相但笑不語，對白髮老者道：「陳老先生，把陛下的遺詔念出來吧。」

白髮老者模仿御景帝的字跡，已經將遺詔擬了出來，朗聲念道：「二皇子才識兼優，能匡扶大正，繼承朕之皇位；而左丞相氣量純全，實乃國家棟梁之才，朕可保其忠貞不渝。」

桓意如破碗破摔道：「左丞相，你扶持二皇子並不明智，他為人奸詐狡猾，你確認能在日後站穩腳跟？」

左丞相輕哼一聲：「只怪太子不識時務，屢次壞我好意，不願將嫻儀立為太子妃。」

「左丞相是博學多才之人，也聽過始皇帝與呂不韋的祕史吧。」

左丞相臉色突變，瞪著她道：「你怎麼知道……」

桓意如揶揄地笑道：「如果二皇子知道你與蕭貴妃的事，還會願意留下你這個禍患嗎？」

左丞相衝上前，狠狠打了她一巴掌，對愣住的魏鋒道：「先不弄死她，祕密送出宮關押起來，再利用她鎮住太子。」

「遵命。」魏鋒一掌將桓意如拍昏過去……

第十四章　孕事

翌日驟雨初歇，眾皇子才得知御景帝駕崩之事。

當徐公公宣讀御景帝遺詔，廢黜顧懷瑾太子之位，將皇位傳給二皇子時，在場的人無不譁然。

顧無封得意地瞟了瞟玉無瑕，大聲宣布父皇是慧眼識珠之人，登基後必定不負他的眾望。

顧言惜對傳位給二哥頗為懷疑，看了眼遺詔後直說這字跡不像父皇的。徐公公回道假傳遺詔是重罪，要顧言惜拿出證據，顧言惜卻說不出所以然來。

由始至終，玉無瑕的神色毫無異樣，令顧無封有些失望。玉無瑕環顧四周沒發現熟悉的身影，便問徐公公桓意如在何處。

徐公公敷衍地說，進御清殿時並沒有見桓尚宮，說不定已經回房歇息了。

玉無瑕只覺不對，不顧內衛的阻攔闖入御清殿，見房內一地碎屑，質問徐公公昨夜發生何事，父皇是哪個時辰病歿的。

左丞相從珠簾後踱步而出，回答御景帝是在卯時辭世的，病痛之時將屋子扔得亂七八糟。

「病危的父皇怎會有力氣？還有，是否需要傳太醫過來，再確定下他到底在何時過世的？」

左丞相被堵得無話可說，見殿內除了玉無瑕，其他都是自己人，腦筋一轉道：「桓尚宮昨夜確實在御清殿，不過今早她已不在皇宮了。」

玉無瑕嗔怒道：「你敢傷她一根汗毛，我會讓你死無全屍！」

左丞相做了個噓的動作：「太子，啊不對，是前太子，你最好乖乖聽話，等二皇子登基後，會有人將她還給你的，否則你連她的屍體都找不到，哈哈哈……」

說罷，他在內衛的庇護下，大笑著踏出御清殿。

玉無瑕咬著牙關握緊拳頭，指骨捏得喀喀作響。

桓意如被關在一間木屋，雙手雙腳被一根粗長的鐵鍊鎖住，只能讓她在房內勉強走動幾步。

屋內所有門窗都被封死了，每日都會有蒙面人從窗戶的小洞，將三餐飯菜放進屋內。桓意如雖然胃口不好，卻從不虧待自己，有什麼吃什麼，有力氣才可以想辦法逃出去。

每次日落輪轉一次，她都會在床板下畫上一道痕跡，免得連被困了多久都不知。

也不知道是不是錯覺，桓意如總覺得窗戶的洞口，時不時有雙眼睛在窺視自己，不免覺得十分滲人。

某天清晨，她勉強將乾扁地饅頭咽下後，不出一會竟吐了一地，再也不想吃任何東西了。

房門卻在這時打開了，走來一個緊身黑衣的鐵面人，面具上一雙黑而無神的眼睛，便讓桓意如覺得他就是那個窺視者。

鐵面人扣住桓意如的手，兩隻手指把住脈搏，良久才道：「哼，恭喜妳，是喜脈。」他的嗓音如同磨砂的刺耳，隱約有一絲熟悉感。

桓意如聽話愣怔不已，真的萬萬沒想到，會在這不巧的時間有身孕，若是以她跟孩子威脅玉無瑕，後果更不堪設想。

她摸著肚子想，曾經覺得這條命不要也罷，免得成了玉無瑕的累贅，可有了孩子，就格外不同了。

鐵面人甩開她的手，輕哼一聲：「這孩子來的正是時候，我要讓他親眼看見，最愛的人慘死的下場！」

桓意如心道這人果然不想留她的命，瞪著他唯一露出的眼睛，惴惴地問道：「我是不是見過你？」

鐵面人緩緩揭開面具，「怎麼，不記得我了？妳睜眼瞧瞧，我到底是誰！」

一股腐爛的臭味撲面而來，噁心得令桓意如退後幾步，但瞧見他露出的那張臉後，連身體的知覺都麻木了。

如果說他的臉還算是臉，世間就沒有比他更恐怖的了。

坑坑窪窪沒有一點皮肉，像被野獸狠狠撕咬過，完全無法辨認出原有面貌。

最後桓意如是從對方充滿恨意的眼瞳，認清他到底是何人，捂著嘴忍住作嘔感，好一會才哽咽地道：「李總管，居然是你！」

他用手指抓著面容，劃出五道恐怖的血痕，陰沉地大笑道：「不錯，居然認出來了！看到了沒，是他讓我活得連鬼都不如，呵呵呵……我也要讓他嘗嘗這生不如死的滋味！」

這幾日，玉無瑕在顧言惜的協助下，徹查了當晚進出皇宮的通行紀錄，終於找出桓意如被擄走的蛛絲馬跡。

那輛馬車是以運送蔬菜為名義進宮的，出了正門後故意隱藏行蹤，以致於後續難以追查。幸得玉無瑕手下有位名叫傅爾莫的能人異士，能從凌亂的車輪軌跡分辨出是哪輛馬車。

玉無瑕一行人追尋傅爾莫的腳步，穿過鬧市街頭與深街小巷，在京城郊外找到廢棄的馬車。

傅爾莫看著馬車下的車輪印，說道：「除了這輛馬車，四周沒其他軌跡，看來那些人相當謹慎，直接棄了馬車，將人單獨帶走。」

玉無瑕的眼眶布滿血絲，一拳猛搥在樹幹上，震得樹頂的葉片沙沙飄落。

好一會，他凝了凝神，下達命令，與顧言惜兵分兩路尋找桓意如。如果遇上特殊情況，朝空中發射響箭。

待顧言惜帶著一半的人馬離開後，玉無瑕對愣在原地的傅爾莫，沉聲說道：「你能辨別車輪印，應該也能辨別人的腳印吧？」

傅爾莫摸著後腦勺，笑道：「人踩的哪裡有車輪深，那麼淺的印記，很難看出來。」

話語剛落，寒光倏地閃了過來，一把利劍抵在傅爾莫的脖子邊。

玉無瑕一手持劍，冷冷喝道：「好好帶路，日落之前必須找到她！」

傅爾莫嚇出一身冷汗，乖乖地應了，蹲下身查找腳印，幾乎把臉貼在泥地上了。

東出西落的夕陽染得漫天紅霞，將玉無瑕的身影拉得斜長，他把長劍插入土中，彷彿在下定什麼決心。

意如，不會太久的，妳我很快就能相聚，等我……

此時此刻，桓意如面對毀容的李莫非，正處於難以言喻的震驚中。自巫蠱事件後，她就沒見過李莫非了，想不到他成了這副模樣。

李莫非滿臉膿血地咯咯笑道：「很嚇人對不對？頂著這醜臉比死還痛苦，一想到他還活得那麼好，我就恨不得天天找他報仇！」

桓意如忍住噁心，問道：「你發生了什麼事？」

李莫非激動地大喊道：「賤人，還不是因為妳！好歹我服侍他三年了，沒功勞也有苦勞，居然為了一個不知從哪冒出來的丫頭，把我活埋在亂葬崗裡！幸好一個暗衛與我關係不錯，留了個孔供我呼吸。好不容易從墳地裡逃出，卻在山上遇到一個黑瞎子，被這畜生一口咬爛了臉！」

桓意如想不到玉無瑕會如此狠心，小人偶曾說過她的存在改變了歷史，李莫非的事也是其中一件吧？

眼下最重要的，是先緩和他的情緒。

「南疆有位神醫可以移植人皮，你的臉說不定能夠治好。」

李莫非聞言冷哼一聲，大步跨出房門，「我早就不想活了，這臉要不要都無所謂，但他的命一定是我的，妳肚子裡的骨肉也是！」

桓意如下意識護住肚子，聽著門重重鎖上的聲音，癱坐在床頭。

看守她的兩個奴僕看見李莫非憤怒的離開，笑著貼耳交談。

「裡面關的女人是什麼身分，怎麼讓老大氣成這樣？」

「聽說是太子的相好，長得滿漂亮的。」

「太子不是被廢了嗎，她被關在屋子裡沒人知道，嘿嘿，不如我們進去享用她一番怎麼樣？」

「這主意不錯，大哥巴不得我們為他出這口惡氣呢！」

另一個奴僕聽到兩人猥瑣的討論內容，輕喝道：「說什麼亂七八糟的話！對了，房頂上的人偶是你們放的？」

「沒有啊，哪裡來的人偶？」兩人困惑地面面相覷，朝屋簷最頂部瞧去。

只見呈黑的青瓦之上，端坐著一隻月白衣袍的人偶，沉在陰影的面容若隱若現，精美絕倫好似一座玉雕。

奴僕都嘖嘖稱嘆這人偶的精美，正要問是誰擺上去的，小人偶懸在房檐下的雙腿忽然晃動起來，偏長的衣襬風卷如雲，不知是被風吹動，還是自己動起來的。

小人偶緩緩側頭，斜睨著俯視他們，嘴角彎出輕蔑的弧度。

「居然敢碰她，看來你們都不想活了。」

第十五章　脅迫

李莫非離開沒多久後，桓意如又聽到門鎖打開的聲音，隱隱覺得不太對勁。

進來的是一個皮膚黝黑的大漢，手裡拎著一把沉甸甸的斧頭，眼神呆滯地逼近她。

桓意如被鐵鍊鎖住，雙手雙腳無法動彈，只能眼睜睜地看著大漢舉起斧頭，朝她砍了下來。

桓意如絕望別過頭，忽然聽到喀嚓一聲，右手的鐵鍊應聲而斷。她錯愕地抬頭，見大漢將所有鐵鍊砍斷後，丟掉斧頭退到了一邊。

好端端地砍了這幾條鐵鍊，是打算放了她？

桓意如也管不了對方有什麼陰謀了，揉揉痠痛的手腕衝出房門。可剛跨出房門一步，一道月白的小身影落葉般飄下，輕如薄雲地落向她肩頭。

她被這突襲嚇了一跳，下意識地往肩頭抓去，那身影順勢滑入她的懷裡。

「意如，是我。」小人偶撫上她的臉容，低低笑著。

桓意如愣怔地眨眨眼，終於反應過來：「是你救了我……」

「除了我還能有誰?難道妳希望的人是他?不過那人確實也快到了。」

桓意如面露欣喜之色，激動道：「他現在在哪裡?」

「果然……」小人偶的薄唇抿成一線，眼色沉沉地盯著她，好一會嘆息一聲，指著一道拱門道，「朝那個方向就能遇見他，我也只能幫妳到這裡了。」

說罷，他闔上眼皮仰倒在她胸前，院子裡杵著的其他兩名大漢，如同死屍般也跟著倒了下去。

桓意如戳戳其中一名大漢的臉，確定不會再醒後，抽起他腰際的短刀當防身武器，穿過拱門朝小人偶指的所在奔去。

這院落房屋的布局錯綜複雜，狂奔了一陣子都沒看到任何出口。

忽然，一隻手扯住她的頭髮，惡狠狠地將她拽到陰暗處，鼻息滿是腐爛味。

耳邊傳來李莫非的怒斥：「說！妳是怎麼逃出來的！是誰膽敢放了妳？手上的人偶又是哪裡來的？」

桓意如的頭皮疼痛不堪，揮出短刀刺向李莫非，不過她不擅長用刀劍，被李莫非敏捷地避開了，只傷到一點。

「賤人！」李莫非擒住她的手腕，奪過短刀，反抵在她的頸項上。正準備割破她的皮肉，給這女人一點教訓時，一聲倒喝打斷他的動作。

「李莫非，放了她！」灌木叢中，挺如青竹的人影走出，熟悉的身形令桓意如眼眶一熱。

那人冷眼逼視著李莫非，在氣勢上全然壓制了他。

「殿下，許久未見，您居然能一眼認出奴才，真讓奴才感激涕零。」李莫非癲狂地咯咯笑道，往後退了幾步，尖刀仍緊貼著桓意如的肌膚。

玉無瑕盯著她被劃出血痕的頸項，不卑不亢地道：「只要放了她，我什麼都可以給你。」

李莫非猛搖頭道：「太子給的條件可不能少，她的命現在可值錢了，丟了可是一屍兩命。」

玉無瑕目光浮出一絲不穩，愣怔地看向桓意如的肚子：「意如，妳……」

桓意如摟著小人偶緊緊咬朱唇，此時的她不得不重視自己的命了，因著她肚子裡還有兩人的骨肉。

李莫非架起她的胳膊往宅院深處走去，玉無瑕亦緊隨其後，三人來到一座寬敞的倉庫。

李莫非見玉無瑕距離近了些，掐住桓意如的手緊了幾分，一聲喝止道：「她的小命就在我手裡，殿下您可別想耍什麼花招！」

桓意如只覺得脖子被掐得發疼，大口大口地喘息著。

進入倉庫後，一股刺鼻的焦味傳來，她迷糊間看見倉庫內堆滿了被燻黑的木桶，氣味好似從裡頭發出來的。

玉無瑕緊盯著桓意如，將腰際的劍丟在地上，朝後退了幾步，「我已將武器卸下，你大可鬆開她，有何怨恨衝我來便可。」

李莫非將掐住她的手鬆開，尖刀不偏不倚地抵著頸項，嗤笑一聲：「我實在想不通天下美貌女子那麼多，為何要執著於她？您本該得到天下的，卻輸在他們手裡，只因為不想娶左丞相之女……這種紅顏禍水的命，留著有何用？」

玉無瑕正色道：「即使沒有意如，我也不會娶左嫻儀，靠這種手段稱帝為我不恥！而且你說錯了，只要顧無封沒有登基，我就不算輸。」

桓意如喘了口氣，艱難地道：「無瑕，現在的遺詔是假的，真正的在……啊……」

「再說，我就把妳的嘴割下來！」李莫非猛地搧了她一巴掌，將鐵面具扯了下來，重重丟在玉無瑕腳邊，露出醜陋扭曲的臉孔，「顧懷瑾，好好看看我的臉，是你害我變成這樣的，我要你連本帶利還回來！」

李莫非推倒了一個木桶，從縫隙流出的煤油瞬間淌了一地，他再從懷中掏出一個火摺子，「今日你們都別想活著出去！」

眼見李莫非要將火摺子丟在煤油上，桓意如狠狠地咬住他的手腕，疼得李莫非一刀割向她的脖子。

電光火石間，玉無瑕衝上前去，擒住李莫非的兩隻手腕，齊齊折斷，再將桓意如從他身邊攬了回來。

桓意如雖未傷到動脈，仍有不少的血湧出。玉無瑕極快地撕下布條，緊緊裹在她的傷口處。

「意如，妳有了我們的骨肉？」玉無瑕撫上她的肚子，動作極其輕柔，彷彿輕輕一碰就碎了。

桓意如應了聲，臉色慘白地倒在他懷裡，微微顫抖的長睫濕潤著，發青的嘴唇卻是含笑的，徜徉著絲絲暖意。

玉無瑕什麼也沒說，只是抬手將她環住，朦朧如海的眼底在這一刻僅僅映著她，世間一切也只剩下她。

手腕被折斷的李莫非跪在一旁，一次次地試圖拾起地上的火摺子：「你們以為這樣就能奈何得了我？」

他猛地朝火摺子一腳踹去，火摺子飛到煤油上，零星的火點將其點燃，爆發出洶湧大火，周圍油桶也跟著燃燒起來。

「趕緊離開此處。」玉無瑕將桓意如橫抱而起，飛身朝倉庫大門奔去，卻在躍出那一刻，身上滿是火焰的李莫非撲了過來，臂膀從身後死死摟住玉無瑕。

此時此刻，被點燃的油桶一個個爆炸，大火瞬間吞噬了木板牆壁，倉庫內濃煙滾滾。

玉無瑕只得把桓意如推出倉庫外，與癲狂的李莫非纏鬥起來，幾招就將他壓制在地。

李莫非渾身抽搐，嘴角流血，盯著被燃燒得傾斜的懸梁，醜陋的臉笑得異常滿足，最終慢慢地闔上了眼。

玉無瑕一邊扯下燒起來的外袍，一邊朝桓意如方向奔去。這時，倉庫的梁頂發出斷裂聲，倉庫上的巨大懸梁倒下，攔住了他的去路。

他在火光中直直看著桓意如，薄唇翕動著在說些什麼，但火焰的燃燒聲太大，導致桓意如根本聽不清，只能眼睜睜看著倉庫的房頂傾塌，熊熊烈火將他頎長的身影吞沒。

「無瑕……」桓意如趔趄地起身欲衝進倉庫，被趕來的顧言惜一把抱住。

「桓姑娘別衝動，妳進去是死路一條！」顧言惜柔聲勸慰著。

「救救他，求你……」她滿臉淚痕地掙脫他的桎梏，剛邁出一步就被劈了一記手刀，眼前一黑昏倒在地……

第十六章　與子成說（結局一）

桓意如被關在一間四合院裡，顧言惜的人卻不見蹤影，沒人告訴她玉無瑕是生是死。

身子骨一日比一日虛弱，她只能在床榻上輾轉反側，在等待他活著的希望中，來回夢與現實之間。

昏黃光束下白紗床幔被風輕拂，一隻五指纖長的手撩起紗幔，溫柔地輕撫她沉睡的面容。

她眉頭深鎖的撐開眼皮，入眼的是一道身長如玉的人影，隔著重重紗幔彷彿氤氳在煙氣中，似夢似真。

她痛苦地闔上眼皮，喃喃道：「又是一場夢……」

「傻瓜，這不是夢。」他蹲下身將她摟緊，執起手撫上他的胸膛，「感覺到了沒，我的心在跳動。」

他的心跳是如此的沉穩輕緩，隔著柔軟的淺色衣料，還能感覺到他的體溫。

是他，他還活著，太好了……

她將頭靠在他胸膛好一會，靜靜聽著他的心跳聲。

恍惚間，她的目光落在他捧著的焦黑事物，霍地一下睜大了眼，這不是她親手雕刻的小人偶嗎？

他淡淡道：「我醒來時，它就這樣躺在我身側。」

桓意如好似明白了什麼，手指顫抖地觸摸著小人偶，忍不住啜泣起來。

他眸子沉了下來，一時深黑如墨：「人偶毀了就毀了，我活著在妳身邊，會一直陪著妳……」

她拭了拭淚，揮開繁雜的思緒，艱難地從床頭起身，讓玉無暇趕緊帶著她進宮。

御清殿的芭蕉樹下，藏著一個紫檀木錦盒，裡面裝的是御景帝留下的遺詔。桓意如正將它交給玉無瑕之時，左丞相與二皇子等人聽聞太子活著的消息，匆匆趕到，震驚得說不出話來。

「你是人是鬼？」左丞相冷汗直流，怯怯地問。

「青天白日何來的鬼?左丞相來的真巧，到大殿對簿公堂吧。」玉無瑕冷冷丟下這段話，帶著桓意如甩袖離開。

當日玉無瑕召集了文武百官，將真遺詔與假遺詔攤在他們面前。因著字跡幾乎一模一樣，眾人也難以辨別孰真孰假，不過其中一份沾上的血跡，卻成了辨清真假的契機。

太醫用祕術提取了遺詔的血液，與過去御景帝治病時留下的血液，同時放入在一碗澄清的水中，兩滴血液很快就融在一起。玉無瑕拿尖刀在手指劃了一刀，滑落的血珠也融了進去。

「二弟，你敢試嗎？」玉無瑕含住他割傷的手指，眉梢上挑地睨著顧無封。

「有何不敢？你是父皇的兒子，我也是……」顧無封不顧左丞相的阻擾，硬是割破手指將血液滴入碗中，卻未和其他血液相融。

顧無封不敢置信地擠出更多血，直到滿碗都是他的血水，仍是無濟於事。

此時此刻，遺詔的真假不言而喻，某個真相也一併暴露在眾人面前。

玉無瑕將偽遺詔一片片撕碎，灑在呆傻的左丞相身上。左丞相雙腿一軟，跪伏在地，求玉無瑕饒過自己。

當日左丞相、魏鋒、陳大學士被御林軍擒拿，關押在牢房，待新皇登基後處理。

顧無封與顧簡辭雖想造反，卻因沒有兵權，只能待在府裡苦吃黃連。

八月初三是黃道吉日，太子顧懷瑾登基帝位，立為琰明帝，新皇登基與冊封皇后恰好在同一天。

當日京城之上萬里祥雲，玉無瑕身披明黃色龍袍，一陣風掠起繡著龍騰的衣袖，在金色波濤下如金龍入海。金黃的晨曦撒在他俊美無暇的面龐，交相輝映著飛眉下一雙清亮的眼瞳，此時的他宛如天神降臨般雍容風華。

他牽著鳳冠霞帔的桓意如，一步步踏上登基大殿的臺階。因著這臺階太過高聳，肚子微隆的桓意如漸漸有些乏力，仍刻意強撐著不露出難受的神色。

玉無瑕從高臺向下俯瞰了一眼，遠目凝著朦朧的霧氣，「山河亙古，滄海桑田，此情此景，我只願與妳分享。」

桓意如從身後環住他，輕輕應了聲：「好。」

玉無瑕忽然轉過身，將她橫抱起來，大步朝高臺走去。

桓意如尷尬地推搡道：「別，大臣看到會笑話的。」

玉無瑕撫摸她的肚子，含笑道：「他們要笑就笑吧，不能累了我們的孩子。」

桓意如的臉頰微微發紅，縮進他懷中，聽著他沉穩的心跳聲。

此情此景如斯靜好，待在他身邊，為他開枝散葉，與他廝守終老，這一生便心滿意足了。

琰明帝繼位後第三個月，以偽造遺詔之罪株連涉案者九族，左丞相勢力也一併清除。

沒多久，二皇子、三皇子因與敵國勾結，被貶為庶民，沒有自立能力的兩人不到一年，淪為在街頭乞討的腌臢乞丐。

四皇子護帝有功，被封為尊貴的閒晉王之後，卻無心干涉朝政，只想兩袖清風地雲遊四海。

自桓意如被冊封為后起，後宮再無其他嬪妃，大臣送來的美人進宮後，沒半個時辰便哭哭啼啼地被攆了出來，世人皆傳帝后伉儷情深，十年如一日的恩愛如故。

桓意如為玉無瑕誕下三兒兩女，長子念玉被立為太子，待他能處理政務時，玉無瑕便不再管朝廷之事，選了處靠水的清靜之地，帶著桓意如安頓下來。

時光荏苒，六十年就這麼過去了。

年過花甲的桓意如滿頭的銀髮，虛弱地臥躺在竹制床榻上，有一搭沒一搭地喘息著，拚命撐開眼皮，生怕自己一睡著，就再也看不到眼前的人了。

她努力不讓淚水滑落而下，擠出溫煦的笑意，「能跟你過一輩子，我夠了……」

一隻布滿褶皺的手掌，緊緊握住她同樣嶙峋的手，力道沉重地如同他一生的執著。

「我不是說過嗎，這些對我來說遠遠不夠。」

她恍恍惚惚地想起，這話只有在墨弦玉中、十六年後的玉無瑕對她講過。

「你……你是玉無瑕？」

跟隨他這麼多年，她只喊他無瑕，從未叫過全名。

他翻上了竹床躺到她的身側，輕輕吻著她的眼角，「睡吧，我在這，永遠陪著妳……」

「嗯……」她含笑著闔上眼皮，晶瑩的淚水從眼眶滑落，無聲無息地被他吻去。

那一夜，湖邊小築大火，所有付之一炬，唯有兩縷白色薄煙自房中飄出，又纏纏綿綿地融為一體，融入蒼穹天際之中，徒留下一句生死契闊，與子成說。

此生有你，真好。

第十七章　與子偕老（結局二）

桓意如做了場夢。

綿綿悠長，彷彿過了一生。

她與無瑕成親生子，兩人執手相守，白頭偕老。

離世前那刻，無瑕依然嫌時間不夠，若有來生，還要與她世世糾纏。

一覺清醒，方知是夢。

夢太過逼真，乃至她驚醒後，躺在床榻恍然不知何時。小人偶窩在枕邊，肖似玉無瑕的臉龐，被烈火燒得焦黑，刺痛桓意如的心。

「無瑕，聽得到我的話嗎？」桓意如摟著小人偶，熱淚盈眶。

無論她怎麼呼喚，人偶形態的玉無瑕從未回應過她。

即便是被顧言惜安置在內院，桓意如還是從僕人那裡聽到了——玉無暇死後，顧無封登基為帝的消息。

費盡心思，終究躲不過命運，一切因果皆是註定。

顧言惜厭倦了謀權內鬥，為皇位骨肉殘殺，早有了歸隱的念頭。

臨產那天，桓意如在房裡承受陣痛，拚著最後一股力氣，誕下一個皮膚微皺的女嬰。

顧言惜久等多時，推門而入，接過襁褓裡的孩子，初為人父似地激動，「意如，是女孩！」

桓意如瞧過孩子一眼，那粉嫩如雪藕的手，微微垂下，小指頭輕輕捏著她，彷彿在撫摸她的心臟。

這是她與無瑕的孩子，是他唯一的血脈。

「等妳身體好些，我們三人一同去天山南疆，那裡山清水秀，遠離世間紛爭，妳肯定會喜歡。」顧言惜叨叨絮絮地說著，琥珀般眸光閃爍，「意如，我會照顧妳一輩子。」

殷殷期盼間，他在等待她回應。

桓意如著實很累了，無力應答，沉沉睡去。

她知曉他所想，奈何她的心太小，只裝得下一個人。

睡過白晝，直到深夜，桓意如方才清醒，抱起枕邊的小人偶，扶著一切能支撐的東西，顫巍巍地朝隔壁房走去。

女兒彷彿感應母親到來，哇哇哭叫著。

桓意如抱起她餵奶，哄她睡著後，解下頸項的墨弦玉，塞進她小小的手掌心裡。

「娘要去找妳的爹爹，妳太小了不能跟著去，在這裡等娘，娘找到爹爹會回來接妳。」

桓意如給孩子裹好被子，偷偷溜出內院，來到昔日的太子府。

府前大門深鎖，張貼封條，禁止任何人入內。

桓意如是靈巧的雕偶師，開鎖自是不在話下，用鐵絲輕輕一扭，解開粗長的鐵鎖，撕下封條後推門而入。

院子陣陣陰風，吹起滿地枯葉，如幽冥鬼域。不過短短數月，金碧輝煌的太子府，竟成了這番光景。

桓意如悄悄潛進後院，來到太子府的古井邊。

她忽而笑了聲，將小人偶捧在面頰，喃喃自語：「玉無瑕，我不會原諒你。」

他叫她親眼見識那些過往，經歷他身死的痛苦，回去後定找他算總帳。

桓意如跨過井壁，閉上雙眼，毅然決然跳下水井。

墜入後，她立刻被井水淹沒，瞬間失去意識，身子骨卻忽冷忽熱，彷彿置身在冰火兩重天。

淋濕的帕子覆蓋燙熱的額頭，桓意如緩緩醒來，睜眼一看，竟然是顧言惜。

顧言惜給她擦著額頭，眼底盡是憐惜。

師父在她身邊，意思是她沒能回到十六年後嗎？

桓意如咬著下唇，淚水在眼眶搖搖欲墜。

顧言惜瞧她頹然的模樣，憐惜道：「我的傻孩子，這段時間去了何處？為師找妳找得好苦！」

桓意如陡然撐開眼，認真打量顧言惜，發覺他比先前看起來年長，「師父?」

顧言惜笑道：「怎麼了?好像不認識為師一樣。」

桓意如恍惚地凝視他，只有十六年後的顧言惜，才會自稱是她的師父。好一會兒，她晃動的淚水終於落下，滴在她手背上，晶瑩通透。

原來她真的回來了!

「師父，玉無瑕在哪?」桓意如強撐著起身，急切地詢問顧言惜。

顧言惜眉頭微蹙，「玉無瑕是誰?」

是了，玉無瑕原名顧懷瑾，師父還不知道他另一個名字。

桓意如苦思回想，回憶起穿越前的經歷，然而對顧言惜可能是數日前的事，對桓意如來說，卻像跨越了大半輩子。

顧言惜提著小人偶的衣領，扔在床頭櫃上，「這段時間妳去了哪裡?我手下在郊外的古井發現了妳，聽說妳一直抱著這玩意。」

桓意如將小人偶抱進懷裡，撫摸它燒焦的面龐，哽咽道：「幸好它還在。」

顧言惜踱步到窗前，雙手負背，垂眸凝望街道：「近日最好不要出門，京中將發生暴亂。」

桓意如隨著他的視線，看向窗外。

此處是繁華的京師，來往卻行人甚少，街道兩旁的地攤被砸破，灑落一地的瓜果貨物。地痞流氓吆喝著要保護費，擺攤小販苦叫連連。

顧言惜揮手指向遠方，隱隱可見高聳的樓宇：「官員到處搜刮民脂民膏，百姓深受其苦，只因為狗皇帝要建造一棟百丈高的摘星樓，祈求天神能賜他不老仙丹。」

桓意如問道：「現在的皇帝是顧無封？」

「對，是我二哥。」顧言惜頷首，「他從我大哥手裡搶奪了帝位，怪我當時年少無能，沒能力保護好我的大哥。」

桓意如定定地看著他：「這不能怪你，都是他的命數。」

顧言惜抬眸望向她，對這番話深感不解。

桓意如仍然虛弱，雙手撐著窗臺，凝視正在建築的摘星樓。

顧言惜道：「是國師在妖言惑眾，迷惑皇兄獻祭百名童男童女，兩個月就建好百丈高的摘星樓，勞民傷財，搞得全國怨聲載道。」

「是他要建的摘星樓，一定是他……」她緊緊抱著小人偶，內心篤定，「我要去找他！」

顧言惜拽緊她的胳膊，不容她隨便走動，「妳要去找誰？先養好身子再說！」

桓意如用力搖頭：「無瑕一定在等我……」

顧言惜不知她說的無瑕是誰，但隱隱感覺得到，一旦鬆開手，可能再也見不著他的小徒弟了。

「這段時間妳不能出去。」顧言惜口氣變得嚴厲，反手將她推回床鋪上，溫柔地蓋上衾被，「我是妳師父，事事都要聽我的。」

桓意如愣住了，從小到大，師父未曾如此強橫過。

顧言惜面色凝重，胸膛起伏，雙手扭成拳頭：「有一事不瞞妳，為師近日在召集兵力，馬上要起兵謀反。這十多年來，我一直在苗疆置身事外，只顧著將妳撫養成人。現在妳長大了，我終於可以放手一搏。」

桓意如心頭發悶，深知師父所做之事，若是一敗塗地，就可能落得命喪黃泉的下場。

顧言惜關上房門，臨走前，桓意如聽到他低聲起誓：「我要給我大哥報仇，要我的二哥為他的所作所為付出代價！還有那位國師，我也不會放過他！」

桓意如聽到顧言惜的話，心裡五味雜陳。

國師玉無瑕，曾經枉死的太子，也是師父的大哥。

告訴顧言惜真相，他會信嗎？

當桓意如決定說出來，顧言惜已經離去了。她如何敲門，他堅持不肯放她出來，也不肯聽她任何解釋。

顧言惜正在策劃造反，便先行離開，趕往南夏集合兵力。

在顧言惜的強硬態度下，桓意如被迫上了馬車，數名暗衛護送她回苗疆故居。馬車行了五里路，桓意如抱著小人偶，眺望車窗外，揪心得念著遠在京城的玉無瑕。

當晚，暗衛停車在驛站休憩，桓意如趁著深夜是守衛最鬆懈之時，從客棧溜了出去，向馬夫雇了匹馬匹，連夜趕回京城。

天濛濛亮之時，桓意如總算來到坐落郊外的摘星樓。

摘星樓矗立在幽黑樹林間，九層樓高，為胥國最機密之地。官兵們重重把守在外，飛進一隻蒼蠅都難，更別提讓一個大活人闖進去。

樹林裡，數名穿盔甲的官兵，凶狠地拖拉兩個孩童。而孩童的父親被打趴在地，母親哭哭啼啼地跪下，求官兵放他們孩子一馬。

待官兵離開後，桓意如扶起痛失子女的悲愴女人，詢問到底什麼情況。

原來皇帝為了長生不老，大肆尋找陰年陰月生的童男童女。傳言國師是煉丹主事，整日待在摘星樓最頂樓，用孩童血肉來熬制仙丹。

不管傳言真假，此舉已激發胥國民怨。

桓意如藏在摘星樓外，蹲守一日，趁著一個官兵在小樹林裡如廁時，砸昏了他，換上一身盔甲。

幸好駐守的官兵眾多，桓意如混進去後，並未引起其他人注意。且聽官兵們議論紛紛，國師的不老仙丹即將煉成。

翌日，皇帝和洪貴妃光臨摘星樓。為迎接聖駕，每層都掛滿琉璃燈，通火通明，照得天空猶如白晝。

桓意如混在官兵佇列裡，望著龍輦裡走下來老態龍鍾的皇帝，一時不能確定他是顧無封。曾經，顧無封肥頭大耳、滿面紅光的模樣，令人印象極深。

十六年一晃而過，顧無封竟變得瘦黃乾扁，四十歲不到，渾身卻透著行將就木之感。

來到一樓前殿，顧無封激動地問將軍何胡安：「朕聽聞不老仙丹今晚會煉成，特地趕來，國師現在在哪？」

何胡安恭恭敬敬道：「回陛下，國師在樓頂。」

顧無封激動道：「快！朕要見國師！」

洪貴妃一身絳紅華裾，風情萬種地倚著顧無封：「皇上別急，國師也在等您呢。」

乍一看洪貴妃，更覺得古怪。

洪貴妃灑了滿身白粉，皮膚如白蠟般毫無血色，眼球微微上凸，嘴唇塗得猩紅駭人。

顧無封打了個噴嚏，扇扇鼻子，「愛妃，妳身上的香味太濃了。」

洪貴妃嬌嗔道：「皇上，您又笑話臣妾。」

桓意如內心焦灼，想盡快找到玉無瑕。恰在這時，侍衛扛著皇上和貴妃攀上樓頂，官兵頭領則派數名官兵過去保護皇帝，桓意如趁機混入其中。

到了樓頂，眾人卻不見國師蹤影，住持建議皇帝和貴妃焚香沐浴，等晚上國師自會現身。

顧無封略顯不耐，但也只能聽從住持的話，帶著洪貴妃去浴池。

一進浴池，顧無封垂涎地盯著洪貴妃，兩手撈向她的衣襟：「朕許久沒跟愛妃鴛鴦戲水了。」

洪貴妃柔柔一靠，嬌憨道：「皇上，明明是您不愛臣妾了，臣妾好傷心呢。」

「愛妃，朕最愛的是妳！」顧無封三兩下扒光了洪貴妃，醜陋乾癟的下身脹大後，僅有三寸長，鑽頭似地刺向洪貴妃的淫穴。

插進的那刻，他感到她的陰戶冰涼，乾澀難入，有種詭異的感覺。

洪貴妃虛情假意地呻吟：「啊……好舒服……皇帝讓奴家好舒服啊……」

顧無封大受鼓舞，埋頭狂幹，十幾下不到就射了出來，精疲力竭地癱在洪貴妃身上，吸吸鼻子，總覺得隱隱有股臭味。

洪貴妃枕在顧無封腋下，撒嬌道：「哼，皇上既然說愛我，還把我送給國師施法，用繩子勒斷氣，我脖子還疼著呢。」

「愛妃現在不是好好的嗎？」顧無封撫摸洪貴妃汗津津的脖子，幾下摩挲，刮掉了一層水粉，露出粉底下的本來肌膚。

顧無封定睛一看，大驚失色，只見洪貴妃的脖子，赫然有著紫紅色的斑塊。

「妳長了什麼東西？」顧無封頭冒冷汗，全身泛起雞皮疙瘩。

洪貴妃慌忙起身，捂住脖子，「這是……」

顧無封想起那股惡臭，懷疑她生有惡疾，生怕被其感染，朝門外護衛大喊：「來人啊！把洪貴妃拖出去！」

洪貴妃花容失色，雙手拽住顧無封的袖子：「皇上！不要趕走臣妾啊！」

顧無封臭著臉，甩開洪貴妃的手，毫不留情地要人將她轟出浴池。

桓意如跟其他護衛守在廊道，聽到淒慘的哭鬧聲。

只見，洪貴妃被護衛拽著衣領拖曳在地，衣衫不整，大片肌膚被扯露出來，哭哭喊喊，梨花帶淚，好一個棄婦的狼狽樣。

顧無封披著外衫，惱怒地朝身邊的太監大叫：「國師呢？朕要見他！」

太監擦擦汗：「奴才這就去請國師。」

這時，何胡安洪亮的聲音響起：「國師請陛下去常青殿。」

「不老丹要煉成了嗎？」顧無封激動得喉管發顫，跟著何胡安來到煉丹的常青廳。

桓意如偽裝成官兵，不能踏進常青殿，只能在大門外等。眼看著大廳的門緩緩關上，瞪大眼想往裡面多探一眼，只見金磚鋪地，巨大的煉丹爐冒著滾滾青煙，唯獨不見半個人蹤影。

無瑕在裡面嗎？

顧無封進了常青廳，環顧四周，皺著眉質問何胡安：「國師人呢？」

何胡安垂首道：「陛下稍等片刻。」

顧無封等得很不耐煩，正要勃然大怒，突地聽到猶如玉石相扣的一聲輕笑。

顧無封聽到笑聲，轉身一看，森白的面具在眼前閃現。

「陛下，無需心急。」

一襲青黑銀紋束腰長袍，墨髮流水般披散齊腰，面容隱在白面具後，頎長身形融於窗外濃黑，已成夜的化身。

隨著他的逼近，無人敢隨意呼吸。

顧無封作為皇帝，一向肆無忌憚，在國師面前卻不敢造次，語氣變得恭順起來。

「朕的身子一天不如一天，就等著國師的不老仙丹，給朕延年益壽，哪能不急呢……」

何胡安道：「國師說，不老丹將在今夜煉成。」

「太好了！」顧無封欣喜若狂，恨不得叩拜國師，感激他的的大恩大德。隨後，又想起自己身分，連忙拾起威嚴，指示旁邊的太監，「趕緊幫國師煉丹。」

「不必。」國師冷冷回絕，「煉丹最後關頭，只需要陛下。」

顧無封一愣，極不願道：「聽從國師安排。」

太監等人被攆出常青廳，桓意如看著他們三三兩兩離開，眼角瞅到森白面具，心臟倏然繃緊，玉無瑕三個字差點脫口而出。

時機不對，所以她忍住了。

砰一聲，門重重關上，她被隔絕在外，再也見不到他一絲身影。

煉丹房內，顧無封捲起袖口，拿起鐵鏟，將煤塊扔進丹爐火槽，心裡罵罵咧咧，卻不敢真的說出怨言。

沒多久，顧無封將鏟子一丟，累癱在地：「不行了國師，朕受不了……」

國師道：「丹爐的火候不夠，不老仙丹會功虧一簣。」

顧無封虎背一震，猛地竄起身，瘋狂地往爐子裡放煤。

爐火燒旺後，顧無封忌憚國師，又想利用他剷除餘孽，樂呵呵地拍起馬屁：「哎，朝中上下文武百官，只有國師為朕盡心盡力。實不相瞞，前些天有探子來報，朕的皇弟近日在謀劃造反，不多時會發動叛亂，朕現在不知如何是好，不知國師能否幫朕一把？」

國師反問道：「陛下要臣如何幫？」

顧無封直截了當道：「不知國師是否有隔空殺人之法，隔千里之外也能置人於死地那種，直接替朕殺了顧言惜。」

國師冷笑：「世間並無此法。」

「那真是可惜了。」顧無封滿臉遺憾，倒豆子一樣講起過往，「顧言惜雖是我最小的皇弟，但帝王之家何須講骨肉親情？朕的大哥就是被朕一把火燒死，顧言惜因此而對朕有所怨恨，現在就等著找機會報復朕……哼，朕早該剷除這顆毒瘤的！

「至於朕的大哥，其實也不算朕燒死他的，他是為了救一個姓桓的女人，據說還懷了他的種。皇兄死後，她不知道逃去哪裡，可惜不能斬草除根。」

「對了，顧言惜身邊那小美人長得倒是不錯，好像是他的徒弟吧，想不到這小子也喜歡嫩的。」顧無封垂涎地舔舔舌頭，「等抓到了顧言惜，再當著顧言惜的面奸了他的徒弟，再找十多個護衛輪了她，哈哈哈哈！」

倏然，爐頂蓋子被濃煙沖得掀了起來，發出轟隆巨響。

顧無封驚了一跳，還沒反應過來。國師陰冷的聲音幽幽響起，化作寒氣從顧無封的腳尖灌上頭頂。

「不老仙丹即將煉成，還差一味藥材就在藥簍裡，陛下請即刻倒進爐子裡。」

顧無封立即起身，背起藥簍爬梯子上了爐頂，看著滾滾黑煙的排氣孔，感受一股股往上冒的熱浪，寒毛直豎。

顧無封咬咬牙，拿鐵鉗挑開爐蓋，將簍子裡的藥撒了進去。

梯子傳來幾下震動，顧無封低頭一看，只見洪貴妃正沿著梯子往上爬，披頭散髮，四肢成詭異的扭曲狀，像隻巨型蜘蛛。

「皇上，我來了……嘎嘎哈……」

顧無封頭皮陣陣發麻，大喊道：「滾！不要靠近我！」

洪貴妃爬到顧無封身下，黑長髮下露出森白猙獰的臉：「皇上，你不是最愛我嗎，別嫌棄臣妾長了屍斑……」

顧無封一陣反胃，上也不是下也不是，猛地踹開洪貴妃，梯子傾倒下來，連帶著他摔得屁股開花。

洪貴妃順著他的腳踝爬了上去，顧無封摸到她的皮膚，只覺得軟巴巴毫無彈性、臭氣沖天，像腐爛多時的屍體。

「皇上，臣妾的脖子好疼啊！你摸一摸嘛！」洪貴妃抓住顧無封的手，摸向她的脖子，脖子的水粉被抹去後，一道白綾的絳紫色勒痕清晰可見。

顧無封終於意識到，洪貴妃興許早就不是活人了，驚恐地大叫起來：「來人啊！快來人啊！」

「皇上，微臣在。」何胡安森然地出現在眼前，僵硬地朝顧無封拱手作揖。

顧無封向他招手：「何將軍，快帶我離開這裡！」

何胡安咧著嘴，露出齊整的門牙：「好，我送皇上去煉丹。」

說罷，何胡安扛起虛軟的顧無封，爬上梯子，要將他丟進燒紅的鐵爐。

顧無封奮力撐著燒紅的鐵皮，不讓自己跌落進去，感受滾燙的熱氣衝擊全身，燙傷的皮膚疼痛難忍，「救命……救命啊……國師救我……」

國師身影浮現他視線內，衣袂隨風浮動，恍若鬼魅：「陛下，最後的藥材……就是你啊。」

顧無封大駭：「朕是皇上！是天子！你們怎麼敢謀害朕！」

國師低沉輕笑，緩緩揭下面具，「還記得這張臉嗎，我的皇弟。」

爐火的光猛烈燃燒，紅火閃爍，足以讓顧無封看清面具下隱藏的、那張白玉雕琢的出塵面龐。

他勾起唇角看向顧無封，濃黑眼眸幽若寒潭，分明是完美無瑕的臉，瞬間被顧無封看成了羅剎惡鬼。

顧無封瞪大眼，啊的大叫一聲，失了平衡，直直摔進燃燒的火爐中。

起初還聽得到幾聲慘叫，沒多時就安靜了下來，只剩物品燃燒的滋滋聲。

國師望著爐火旺盛燃燒，忽然大笑出來，體內的鬱結終於消散，隨之而來的是深深的疲倦，力量在急劇抽離體內。

他扶上沒心跳的胸口：「終於要結束了，我的意如……」

大廳之外。

桓意如在煎熬等候，大門隔音嚴實，傳不出一絲裡頭的動靜，急得跺腳。

這時，何胡安面無表情地走出大廳，僵硬地指示著其他人：「你們全部回去。」

太監問道：「咦，皇上呢？」

何胡安抽出長刀，厲聲道：「皇上要你們回去，廢話少說！」

奴才們一哄而散，唯獨桓意如留在原地。何胡安瞇起眼，持刀指向她，「怎麼還不走？不想活了？」

桓意如摘下軍帽，「我要見玉無瑕。」

當她喊出玉無瑕，何胡安背脊一僵，猶如失去牽線的人偶，癱倒在地。

果然沒猜錯，玉無瑕控制了何胡安。

桓意如推門而入，環顧四周，未發現玉無瑕的蹤跡。

在偌大的大廳尋找，發現隱藏的樓梯，她疾步拾級而上，進入一間閣樓。

悄無聲息間，日月輪轉。

晨曦爬著天窗潛進，落下四四方方的光塊，昏黃的曙光暈染開，照得浮著灰塵化成金色的光點。

桓意如朝光的盡頭走來，隱隱看見金黃色的乾草堆裡，鬆鬆散散地平躺著頎長的男人，沉靜得像在酣睡。

淚水在眼皮裡打轉，使得桓意如的視線模糊不清，卻仍認得出他是誰，一步步艱難地朝他走近。

她抹了把眼淚，凝視玉無瑕闔眼的俊容，握緊他垂下的冰冷手掌，試圖用自己的溫度捂熱。

「無瑕，我來了……」

他未曾動彈，像睡得太死，又像靈魂抽離體內。

萬般猜測在心底流轉，生怕承受再次失去的痛苦，只能靜靜守在他身邊。

桓意如撫摸他白玉般的面龐，將散開的墨髮撥到耳後，俯下身靠近，緩緩吻上他失色的薄唇。

格外綿長的吻，含著她的深深眷戀，還有一絲絲對他的怨恨。

她或輕或重咬他的唇，一下又一下，想方設法喚醒他，然後摩挲他的唇皮，輕語：「再不醒來，我會恨你一輩子。」

話語一落，忽然感覺到他下唇動了，瞬間占領優勢，含住她的雙唇。

「唔……」她愣了一下，意識到他醒來，胸腔溢滿股股暖流。

玉無瑕加深這個吻，雙手從下方抱住她，唇齒不斷地糾纏占有。

不知過了多久，桓意如被吻得嘴唇發麻，累癱在他的寬闊臂彎下。

他的身子依然很涼，挨著不太舒服，她卻緊緊貼向他，不願分開一絲一毫，內心異常滿足。

桓意如小小抱怨：「我總算找到你了，知道費了多大功夫嗎，為何你不先來找我？」

「我已經衰竭至此了嗎，連妳在附近都沒發現……」他輕嘆一聲，「是我將妳送到顧言惜身邊的，由他保護妳是最安全的。」

桓意如怔住了，揪緊他的手腕：「為什麼？」

她實在不懂，兩人經歷那麼多，他怎麼捨得輕易將她交給別人？

玉無瑕側臉，深深凝視她，彷彿讀懂她的心：「我當然捨不得，怎麼可能捨得。」

桓意如隱約猜到了，沒再問原因，拚命撐著不讓淚掉下來。

她看得出來，他現在很虛弱，彷彿靈魂隨時都會消散。

她憋著嗓子道：「我不會跟別人走的，只陪著你，誰也趕不走我。」

接下來的日子，桓意如抽時間，修補好了小人偶燒黑的臉，抱住小人偶，曬著冬日陽光，偎依在玉無瑕懷中。

玉無瑕變得嗜睡許多，她知道，這是他越來越虛弱的表現。

所以，她越發珍惜時光，恨不得黏著他融為一體，離開一會都是煎熬。

待在摘星樓頂層，她也聽聞了外界的事。何胡安謊稱皇帝吃了不老仙丹後，需要閉關一段時間，掩蓋皇帝已死的事實。

顧言惜以清君側之名，南下領兵出征，兩個月就攻下了幾十座城池。之所以那般順利，也是民心所向，甚至有的城池將領，主動開門請顧言惜近來。

桓意如總算明白了。

他所做的一切是為了鋪路，讓顧言惜能名正言順地繼承皇位。所謂童男童女祭祀，是為了醜化顧無封在百姓心裡的形象，其實玉無瑕並沒有傷害那些孩童。

果不其然，顧言惜並未引起多少戰火，以迅雷不及掩耳之勢攻陷京城，穿著一身黃金戰甲，意氣風發地騎著黑馬，接受百姓的夾道歡迎。

「國師在哪裡？」顧言惜握緊長劍，滿身殺意地質問跪地的太監。

太監瑟瑟發抖：「國師還在摘星樓。」

顧言惜昂頭，嗤笑一聲：「國師實乃妖孽，禍害遺千年，此時不除更待何時，直接放火燒了摘星樓！」

眾人對摘星樓積怨已久，紛紛主動請纓，握住火把朝摘星樓而去。

高臺上，桓意如正用銀線牽引小人偶，演著雜耍動作逗玉無瑕開心。

玉無瑕眼皮一張一闔，看似疲倦至極，突然開口道：「他總算來了。」

「誰來了？」桓意如發出疑問，於此同時，聞到一股燒焦的煙味，從底下傳來。

她湊到欄杆邊，往下俯視，只見一群官兵將摘星樓團團圍住，呲牙咧嘴地往裡面潑油。

立在那些官兵們中央的，赫然是她的師父顧言惜。

桓意如嘶聲力竭地大喊：「師父！師父！我在這！」

聽到聲音，顧言惜錯愕地抬頭，發現他的意如就在樓頂，瞬間慌亂失措，朝官兵們怒斥：「別澆油了，趕緊滅火，快啊！」

官兵們有點摸不著頭緒，不是您說要火燒摘星樓嗎？怎麼突然又要滅火？

可是，縱火容易滅火難，火勢遠遠勝過了潑來的冷水。沒過多久，火舌貪婪地纏上頂樓的屋簷，濃濃的黑煙凶殘地籠罩而來。

桓意如被嗆得咳嗽，拉住玉無瑕的手：「無瑕，我們趕緊逃出去。」

玉無瑕平靜地說道：「火勢很厲害，往裡走就是死。」

桓意如咬咬牙：「那……要死我也要跟你一起死。」

「不。」玉無瑕搖了搖頭，墨瞳望定她的嬌容，「妳不能死。我力量使用過度，才導致衰竭太快，但還有點餘力保護妳。」

桓意如哽咽道：「我不走，我要跟你在一起！」

玉無瑕扶上她的面頰，柔聲道：「十六年前，我被大火吞沒時，跟妳說了一句話，妳當時應該沒聽清楚，現在我重新告訴妳。」

桓意如淚眼朦朧，脈脈凝視他。

他唇畔勾著淺笑，眼底只有她：「我會永遠陪著妳。」

是了，他的魂魄在墨弦玉裡，陪伴她整整十六年。

原來如此，她早有預感。

這是命中註定的迴圈，她終究要回到十六年前，遇上玉無瑕，然後愛上他，生下兩人的孩子。

孩子被師父帶大，接著又是迴圈。

玉無瑕抱起桓意如，視如珍寶地吻了吻她的唇，把小人偶和墨弦玉塞進她手裡，走到欄杆邊，輕輕地將她推下樓。

桓意如失去支撐，直直往下墜，一陣大風奇異地將她包覆起來，使得她平平穩穩地落下。

她被風颳得眼痛，努力睜開眼，看著玉無瑕薄唇一張一合，傾吐出聲。

「我不會食言。」

顧言惜發了瘋般接住桓意如，沙啞著聲音問她：「意如妳有沒有傷到何處？」

桓意如一動不動地站著，望著大火吞沒了頂樓，眼神空洞。

顧言惜守在旁邊，擔心地問：「這是怎麼了？」

「無瑕。」桓意如抱緊小人偶，蹲下身，痴痴看著墨弦玉，「我不准你騙我。」

摘星樓燒了七天七夜，九層建築毀之一炬，遍地殘骸。

不足半月，顧言惜順應民意，即將登基為帝。

桓意如卻在這時提出，要去遊歷四海的計畫。

顧言惜捨不得她離開，追問遠行的緣由。

桓意如抱起小人偶，平靜地說：「以後有空的話，我會跟他回來看你。」

顧言惜搞不懂了，為何她總把一隻人偶當人看，還經常對人偶自言自語。

桓意如背著包裹，摸了摸脖子上的墨弦玉，謝絕顧言惜送行的請求，租了一輛馬車，帶著小人偶離開京城。

顧言惜只能妥協，含淚跟她揮手。

車廂內，只剩桓意如一人。

她拉上馬車窗簾，小聲問：「你真不打算告訴他真相嗎？」

清冽悅耳的聲音突兀響起，「我四弟是重情之人，他知道的話，會愧疚一輩子。」

平躺在軟塌的小人偶，竟然坐了起來，昂起頭凝望桓意如，眼眸星星點點。

桓意如心頭柔軟，朝他伸出手：「你永遠都是這樣，什麼都憋在心裡。」

小人偶舒展身體，費力地站了起來。剛要觸碰她的手，馬車忽然一個搖晃，他重心不穩，跟球似地滾了兩圈。

桓意如連忙接住他，噗哧一聲笑了。

玉無瑕被她摟在懷裡，小小的手掌托住她下巴，沉著聲道：「好笑嗎？」

姿勢還是攻氣十足，只是困在這麼小的身體，就顯得有點，哈哈哈……

桓意如湊過身，臉貼臉蹭蹭他小鼻子，笑道：「誰叫你這麼可愛！」

玉無瑕蹙眉：「趕緊給我造一具新身體。」

「好啊。」桓意如黑眼珠轉了轉，「材料慢慢找囉。」

嘿嘿，等她多玩幾天再說！

玉無瑕當然知道她在打什麼主意，輕笑道：「別以為能躲得過，我一樣可以入妳夢裡。」

桓意如面頰微微泛紅，罵了句：「你好可惡！」

玉無瑕笑而不語。

桓意如想起一事，聲音低落幾分：「無瑕，我是人，總有一天會年老色衰，到時你會不會嫌我牙齒掉光、滿臉皺紋的樣子？」

玉無瑕小小的手指，輕撫她嫩白的肌膚，柔聲道：「妳多一條皺紋，我就用刀在自己臉刻一道，到時我們便一樣了。」

桓意如眼眶發熱，含笑應了聲：「好。」

——《人偶相公》完

番外一　給相公造身體

桓意如到處尋找好材料，準備幫自家相公造一具新身體。

有相公的督促，桓意如做到盡善盡美，唯獨某個部位最為難辨——男人最在意的雄性象徵。

首先尺寸是個問題。桓意如曾經深受其「苦」，著實受不了他的大傢伙。

倉庫裡，桓意如蹲在一堆長短粗細不同的釋迦木，左挑右選，摸出其中尺寸普通的一根，暗暗地笑，就是它了。

當晚，她將它雕成陽具的形狀，給玉無瑕的新身體裝上，心滿意足地想，明天就能讓他換掉軀殼了。

累了一天，桓意如在木工房的躺椅倒頭就睡，迷迷糊糊間，感到嘴唇被輕輕啃吻。

她惺忪地睜開眼，一張清冷凌厲的俊容就在眼前，黑白分明的墨瞳微眨間，便能蠱惑人心。

桓意如恍惚地道：「這是夢？」

玉無瑕捉住她的手，摸向精壯的胸脯，反問道：「夢會這麼逼真？」

是了，玉無瑕被困在小人偶軀殼期間，時常用春夢的方式與她歡愛。

但畢竟夢皆為虛幻，感官差上很多。彷彿已經許久沒意識清晰地跟成人狀態的他親暱，一時不太習慣。

明明他的面孔由她親手雕刻，可是配合他的氣質神態，更顯得豐神俊美。

桓意如痴痴地打量他，呢喃道：「你真好看。」

玉無瑕低低笑了，臉埋進她的頸項，在嬌嫩肌膚上吐出一片灼熱。

「想要嗎？」他唇皮摩挲她的耳垂，情色又纏綿。

桓意如臉頰微紅，嗯了聲。

他磨著牙，咀嚼她肌膚的甜味，如同咬住獵物的餓獸：「待會讓妳哭出來。」

桓意如閉著眼，衣裳不知不覺間被褪得精光。

玉無瑕握住她一團乳，含住頂端，舌頭舔弄柔軟的乳肉，牙尖輕咬敏感的乳頭。

「嗯……啊……」她被咬得痛痛麻麻，算不上重的力度，恰到好處地激發她的快感。

他的手指鑽入裙底，駕輕就熟地插進蜜穴，輕笑道：「還沒進去就出水，裡面很想要對不對？」

可能是太久沒有實質性的交合，穴道十分緊致，指頭剛插進去，就微微地疼。

桓意如喘息著，感受他纖細的指節在體內抽動，快感逐漸堆疊起來。

倏然，手指抽離甬道，她感到體內空虛，不由得抱緊了他。

玉無瑕貼近她，分開那雙纖纖細腿，雙手叉在兩側，身子往下沉，牢牢地將她鎖在方寸之間。

他握住腿間的男性象徵，抵在她的陰戶，擠開花唇，埋入一半的昂揚。

許是太久沒做，桓意如只感覺到疼痛，忍不住緊抱著玉無瑕。

他憐惜地吻了吻她的唇，下體卻執意撐開緊致濕熱的甬道，狠狠插進深處。

「啊——」桓意如被撐得下體痠脹，隱約察覺到不對勁。

體內的異物太粗了吧，好像比以前的尺寸大上好多。

她錯愕地看他：「是不是你換了另一根？」

玉無瑕挑眉笑：「妳不懂，越大妳會越喜歡。」

「可是太大了吧……啊啊……啊……」她話沒說完，體內的碩大陽具開始抽插，攪得她無法繼續說話。

玉無瑕輕咬她耳朵，沙啞地問：「有多大？」

桓意如委屈地道：「肚子要撐破了。」

他朗笑出聲，很喜歡她的「誇獎」，腰身聳動越加猛烈。

她懷疑他換了最粗的那根，擔心會被撐壞，低頭看向兩人交合的部位，只見，少女嫩白的三角地帶，插著一根粗碩的肉色陽具，撐開柔軟的肉縫，不斷地抽弄，搗出混著泡沫的透明液體。

玉無瑕最熟悉她的肉體，昂揚的頂端發狠地撞擊她敏感的花心。

躺椅吱吱呀呀地響，隨時可能會斷裂。

「嗯……啊……無瑕……無瑕……」桓意如全身發軟，緊抱著他的胳膊，生怕自己栽下去。

他一手把玩她柔嫩的乳肉，陽具在小穴裡抽弄，時不時親親她的額頭、鼻尖。

桓意如喜歡這樣的感覺，恨不得靈魂融為一體，全心全意都是他。

「無瑕……我好喜歡你……」桓意如發自內心地說出口，小穴緊緊咬著他的陽具。

他笑道：「喜歡我這樣對妳，還是……」

桓意如唔了聲：「只要是你，我都喜歡……」

他在她唇角落下一吻：「妳生來就屬於我。」

桓意如扶上他的胸口，撫摸著他結實的胸膛，唇角含笑：「你也是我的。」

木工房的燭光搖曳，光影婆娑，在牆壁映出交疊融合的人影。

她相信，此生此世，乃至下一次輪迴，再也沒什麼能將他們分開。

桓意如還是嫌昨晚「作案工具」太大，因此又偷偷換回了原本的尺寸。

翌日，發生一樁慘絕人寰的「家暴」。

人偶師被逼著做了無數不同尺寸的陽具，每一個都「深入」瞭解了下，終於承認自家相公選擇的尺寸是最完美的。

——番外一〈給相公造身體〉完

番外二　玩偶屋

大一暑假，桓意如不願回老家，決定留校在外打工。

與大學隔兩條街道的地方，據說有家玩偶屋在招店員，桓意如紮起馬尾，套上白T，前去店裡應徵。

這間玩偶屋店面不大，裝潢卻十分精緻華麗，深棕色檀木架上擺滿了玩偶。

桓意如一進大門，門上的風鈴噹噹作響，她扭過頭看風鈴，發覺風鈴上掛著一枚通透的黑玉。

「要買玩偶嗎？」一個白髮老人踩著人字拖，晃晃悠悠地走來，微笑著問桓意如。

桓意如回過神，轉頭看向老人，意識到他是老闆，擺正臉色說道：「您好，我是來應聘店員的。」

老人遞給她一塊抹布，十分爽快：「好，那就先整理環境開始。」

咦，都不用面試就直接錄取嗎？

桓意如愣了愣，還是接過了抹布，反正她都做了，他應該會給薪水吧？

她從一樓開始擦拭，發現玩偶屋看似明淨整潔，縫隙卻藏了不少灰塵，她捏著抹布上躥下跳，累得渾身是汗。

老闆摸摸白鬍鬚，笑嘻嘻地說：「二樓也要擦。」

桓意如甩了下抹布，噔噔噔地上樓，從樓梯邊往裡探了眼。

二樓是層閣樓，四面鎏金牆壁，琉璃燈閃閃爍爍，從門口窺看，屋裡看似是藏滿黃金的寶藏，熠熠生輝。

桓意如繞過擺滿玩偶的架子，一塊拖曳的寬長白布飄落下來。

她輕輕走近，彎下腰，一把拉下白布，看清底下後愣在當場，然後捂著眼睛叫出聲。

只見，輕盈薄透的白布下，半掩蓋著修長精壯的裸男，他平躺在鬆軟的黑色毛毯上，腹部肌理分明，白布邊緣剛好蓋住三角地帶，有很大的隆起。

桓意如嚇了一跳，正想離開，轉身就撞上笑咪咪的老闆。

「老闆，他……怎麼光著身子躺著？」她結結巴巴地問。

老闆不以為意地回答：「他是我賣的人偶啊，還沒幫他穿衣服而已。」

桓意如不敢置信：「他是人偶?開玩笑吧，有跟人一模一樣的人偶?」

老闆仍是笑嘻嘻地道：「不信妳摸摸看，他有沒有心跳?」

桓意如想起他是裸體，紅著臉搖頭，仍被老闆拉著去摸他的胸口。

手掌貼上他的胸膛，觸感冰涼，只覺肌膚跟常人無異，甚至更細膩一點，不過詭異的是，他真的沒有心跳。

她倏地抽回手，心下懷疑這人該不會是屍體吧？可是死人哪會有那麼柔軟的肌膚？難道他真的只是人偶？

接下來，老闆還要求她幫那具人偶擦身體、穿衣服。

桓意如不太情願，就算他是人偶，還是男女有別啊！

不過，想到有錢拿之後，她還是妥協了。

桓意如擰乾熱毛巾，紅著臉，給躺在毛毯上的「男人」擦身體。

他的汗毛豎立，毛孔清晰可見，除了沒有溫度，肌膚真的跟人一模一樣。

桓意如板正他的面龐，看清模樣，心跳驟然加快。

五官長得完美無瑕，大概只有人工雕刻的人偶，才能長得這麼俊美吧？

他身體每個部位，桓意如都擦過了，包括大腿內側的男根。

人偶的陽具也做得相當逼真，軟掉的狀態一隻手都握不住，圓碩的龜頭頂端長著小孔，毫無一點男人性器的膻味，反而散發出類似檀木的清香。

桓意如用毛巾包裹陽具，上下擼動擦拭，羞惱地開玩笑：「老闆，這是人偶還是充氣娃娃啊？」

老闆瞇著眼笑，「他也有充氣娃娃的功能哦，還沒人用過，妳可以試用看看。」

桓意如羞得差點奪門而出。

當晚，桓意如做了個春夢。

場景在玩偶屋，深更半夜，她還在幫人偶擦身體。

擦著擦著，她突然脫光了衣服，雙腿分開，騎在人偶赤裸的身上。

人偶一動不動地躺著，任她為所欲為。

夢裡的桓意如，扶起他粗長的陽具，磨蹭幾下，往小穴塞了進去，陽具被吞到最深處，根部都不見了。

她舒暢地喘了口，臀部上下挺動，陽具在小穴裡進進出出。

人偶腹下的卷黑陰毛，刮得她下身發癢，穴肉被撐成圓柱狀，淫液從穴裡淌了下來。

啊……啊……好舒服……

醒來後，桓意如捧著漲紅的臉，陷入自我反省，內褲卻在不知不覺間濕透了。

連續好幾日，桓意如每天要翻來覆去地給人偶擦身，夜夜春夢連連。

導致現在，她滿腦子都是那種事。

某日，桓意如又在幫那副人偶擦身體，擦到下身時，突然有股衝動，想試試看他進入她的真實感受。

趁老闆不在，她脫下內褲，像夢裡一樣坐上人偶的胯部。

有春夢的教導，她很快找到陽具能塞入的肉穴，掰開花唇，龜頭塞進一小截，然後往下一坐。

痛……要撐破了……

桓意如低頭，看著半根陽具插進她下體，撐開穴肉，捅破了處女膜，一絲血水從穴裡淌了下來。

緩了一會，痛覺減退不少。

她模仿夢裡的場景，雙手撐在人偶的腰上，身子起起落落。

肉莖在初經人事的穴裡進出，由於姿勢的原因，肉莖能全根插入深處，睾丸撞著她的臀部啪啪作響。真的跟夢裡的一樣，往這個角度撞，能撞到敏感的花心。

她上下起伏，跟人偶暢快交合，俯下身，親吻一下人偶的薄唇。

這還是她的初吻。

她一邊吻，一邊睜眼，盯著人偶的眉眼，越看越喜歡。

可能她第一次見他，就喜歡上了。

可惜，他是人偶。

她唯一喜歡的人，怎麼會是人偶……

感到疲乏之後，她抽出體內的陽具，穿回內褲，發覺人偶的下身上有可疑的晶瑩液體，連忙羞澀地用毛巾擦乾淨。

經歷這件事後，桓意如面對人偶時，總覺得很不自在。

剛好也到了開學時間，她便辭了玩偶屋的打工，回學校上課去了。

雖然辭職了，桓意如的腦海裡卻總是浮現人偶的俊容。

越是想念，越想逃避。

兩個月後的某週末，桓意如陪著朋友來街區閒逛，無意路過那家玩偶屋。

朋友很喜歡玩偶，便拉著桓意如一起去看。

進入店內時，久違的風鈴聲響起，上頭掛著的黑玉搖搖晃晃，像在歡迎她回來。

一個高眺結實的男人，穿著乾淨的白襯衫，正背對她們整理架子上的玩偶。

朋友笑著問：「你是老闆嗎？」

男人轉身，額前黑髮微揚，露出不易親近的清冷俊臉，迷離她們的視線。

桓意如跟他對視的那刻，心怦然跳動。

朋友摩挲下巴，「奇怪，我怎麼記得老闆是個老人家……」

男人開口解釋：「他回老家了，我幫忙打理幾天。」

朋友打量他的臉龐，心花怒放：「你叫什麼名字？」

他唇畔蕩出清淺的笑，話卻是看著桓意如說的。

「我叫玉無瑕。」

——番外二〈玩偶屋〉完

高寶書版集團
gobooks.com.tw

ERO1
人偶相公

作　　者　流雲
繪　　者　鳥井まあ
編　　輯　林思妤
校　　對　任芸慧
美術編輯　林鈞儀
排　　版　彭立瑋

發 行 人　朱凱蕾
出　　版　英屬維京群島商高寶國際有限公司臺灣分公司
Global Group Holdings, Ltd.
地　　址　臺北市內湖區洲子街88號3樓
網　　址　www.gobooks.com.tw
電　　話　(02) 27992788
電　　郵　readers@gobooks.com.tw（讀者服務部）
pr@gobooks.com.tw（公關諮詢部）
傳　　真　出版部　(02) 27990909　行銷部 (02) 27993088
郵政劃撥　50404557
戶　　名　三日月書版股份有限公司
發　　行　三日月書版股份有限公司/Printed in Taiwan
初版日期　2020年2月

國家圖書館出版品預行編目(CIP)資料

人偶相公 /流雲著.-- 初版. -- 臺北市：高寶國際, 2020.02-
冊；　公分. --

ISBN 978-986-361-791-4(平裝)

857.7　　108022240

三日月書版

三日月書版

GOBOOKS
& SITAK
GROUP©

GOBOOKS
& SITAK
GROUP©